典藏

中国学术名著丛书

中国文学史

林传甲

吉林出版集团股份有限公司

图书在版编目（CIP）数据

林传甲 中国文学史 / 林传甲著. — 长春：吉林出版集团股份有限公司，2017.2（2022.2 重印）
（中国学术名著丛书）
ISBN 978-7-5581-1907-1

Ⅰ.①林… Ⅱ.①林… Ⅲ.①中国文学—文学史
Ⅳ.①I209

中国版本图书馆 CIP 数据核字（2016）第 297616 号

林传甲 中国文学史

著　　者 林传甲
出版策划 李笑然
责任编辑 郭亚维
校　　对 王永清　杜贞香
封面设计 映象视觉
开　　本 710mm×1000mm　1/16
字　　数 151 千
印　　张 10.5
版　　次 2017 年 6 月第 1 版
印　　次 2022 年 2 月第 3 次印刷

出版发行 吉林出版集团股份有限公司
电　　话 总编办：010-63109269
发行部：010-63109269
印　　刷 众鑫旺（天津）印务有限公司

ISBN 978-7-5581-1907-1　　定价：39.80 元

目录

自序一

传甲学问浅陋。偕登大学讲席。与诸君子以中国文学相切磋。今优级师范馆及大学堂预备科章程。于公共课则讲历代源流义法。于分类科则练习各体文字。惟教员之教授法。均未详言。查大学堂章程。中国文学专门科目。所列研究文学众义。大端毕备。即取以为讲义目次。又采诸科关系文学者为子目。总为四十有一篇。每篇析之为十数章。每篇三千余言。甄择往训。附以鄙意。以资讲习。夫籀篆音义之变迁。经史子集之文体。汉魏唐宋之家法。书如烟海。以一人智力所窥。终恐挂一漏万。诸君于中国文字。皆研究有素。庶勖其不逮。俾成完善之帙。则传甲斯编。将仿日本笹川种郎中国文学史之意以成书焉。或课余合诸君子之力。撰中国文典。为练习文法之用。亦教员之义务。师范必需之课本也。

自序二

目次凡十六篇。每篇十八章总二百八十八章。每篇自具首尾。用纪事本末之体也。大章必列题目。用通鉴纲目之体也。大学堂章程曰。日本有中国文学史。可仿其意。自行编撰讲授。按日本早稻田大学讲义。尚有中国文学史一帙。我中国文学为国民教育之根本。昔京师大学堂。未列文学于教科。今公共科亦缺此课。传甲于优级师范生分类后。始讲历代文章源流。实为公共科之补习课也。然公共科文学。每星期三小时。分类科文学每星期六小时。此半年之程度。实足与公共科全年程度相符。大学堂研究文学要义。原系四十一款。兹已撰定十六款。其余二十五款。所举纲要。已略见于各篇。故不再赘。传甲更欲编辑中国初等小学文典。中国高等小学文典。中国中等大文典。中国高等大文典。皆教科必需之课本。否则仍依大学堂章程。编辑历代名家论文要言。亦巨制也。或曰。中国文学史。义取简约。古今一律。然国朝文学昌明。尤宜详备甄采。当别撰国朝文学史。以资考证。传甲不才。今置身著述之林。任事半年。所成止此。昔初编讲义时。曾弁短言为授业预定书。今已居一学期。爰辑期内所授课。为报告书。由教务提调呈总监督察核焉。

光绪三十年十二月朔侯官林传甲记

第一篇　古文籀文小篆八分草书隶书北朝书唐以后正书之变迁

一　论未有书契以前之世界

乾坤肇奠。万汇浑噩。人群与木石居。与鹿豕游。故有屯盈之象。而蒙昧者未辟。需用者亦弗备也。读易系辞传。游心皇古。凡后世民生日用之器。皆古人艰难缔造以成之。方其初饮食衣裳网罟耒耜宫室舟车。皆未之备。以今日文明之民。置身其间。不能一日安处。不但书契一端。尤为阙典也。惟人为万物之灵。有圣人首出。制器尚象。始由草昧进于文明。数千年来。仍日进而不已焉。野人可进而为君子。夷狄可进而为中国。皆书契以后之世宙也。

二　论书契创造之艰难

伏羲氏仰以观象于天。俯以观法于地。观鸟兽之文。与地之宜。近取诸身。远取诸物。于是始作八卦。以通神明之德。以类万物之情。今观八卦。有衡画而无纵画。制作简质。欲象形而未能。乾天坤地艮山兑泽震雷巽风坎水离火。仅举天地万物之著者而画之而已。象数之理。后人愈推而愈密。圣人制作之初。未能精备也。易之为道。变化无方。非一成而不可易也。结绳书契之制。不可尽考。孙星衍周易集疏。引郑康成曰。结绳者。事大大结其绳。事小小结其绳。又引郑氏曰。以书书木边。言其事。刻其木。谓之书契。盖结绳记事。犹不足昭符信。书契则刻于木边。各持其一。可分可合。后世券约执照之类。皆有骑缝号印。以备存根。内而政府。外而商务。皆遵用之。则古制之尽善者。虽数万里外必相同。虽数万年后必不废也。甲尝入苗疆猺峒诸地得见彼中木双合之券于交缝处以铁箸烙成文字持为符信特纷纭如乱丝恐不能成字体耳

三　论书契开物成务之益

书契以前。无徵不信。故太史公史记。托始于黄帝。许叔重曰。黄帝之史仓颉。见鸟兽蹄远之迹。知分理之可相别异也。初造书契。百官以乂。万民以察。盖取诸夬。夬扬于王庭。言文者宣明教化于王者朝廷。君子所以施禄及下。居德则忌也。仓颉为左史。沮诵为右史。书契既成。中国专门科学。遂发明于黄帝之世。如义和占曰。常仪占月。臾区占星气。伶伦造律吕。大挠作甲子。隶首作算数。容成综斯六术而著调历。风后制握奇陈法。荣爰铸钟。大容作云门大卷之乐。宁封为陶正。赤将为木正。挥作弓。夷牟作矢。共鼓化狐为舟楫。邑夷作车。岐伯作内经。俞跗雷公察明堂。究息脉。巫彭桐君处方饵。其元妃西陵氏女嫘祖教民蚕凡今日有用科学。无不备于是时。陶姚以上。当以是为极盛之会矣。又按辽金元三朝太祖皆创国书以致勃兴英法德俄因拉丁以为国书且以识字人数逐年比较以徵民智之开塞科学之盛衰吾愿黄帝神明之胄宜于文学科学加勉矣

四　论五帝三王之世古文之变迁

许叔重曰。仓颉之初作书。盖依类象形。故谓之文。其后形声相益。

即谓之字。文者物象之本。字者言孳乳而寖多也。著于竹帛谓之书。书者如也。以迄五帝三王之世。改易殊体。封于泰山者七十有二代。靡有同焉。由此观之。古文不尽由仓颉作也。晋卫恒四体书势云。自黄帝至三代。其文不改。与许说异。韦续字源。言包牺氏获景龙之瑞作龙书。少昊金天氏以鸟纪官作鸾凤书。神农因上党生嘉禾八穗作穗书。黄帝因卿云见作云书。尧因灵龟负图作龟书。夏后作钟鼎书。皆随所见而制者也。墨池编言务光辞汤禅。为殱文。古今篆隶云。周文王因赤雁啣书。武王因丹鸟入室。作鸟书。又因白鱼之庆作鱼书。日人中国文学史。即据此以为中国文字之起源。考孝经援神契。言三皇无书。字源所言。多未可信。今考宋薛尚功之钟鼎款识。其商鼎二类。多与周鼎之文异。则谓五帝三王之世。其文不变。亦不足信矣。特其变迁之迹。世远年湮。而无古籍可考耳。叔重言字如孳乳而寖多。则其上下数千年间。古文亦由渐而增矣。英和字典每年皆有新增之字即孳乳寖多也西域字母之说即本诸此

五　古文藉许书而存

说文言古文者。谓仓颉所作古文也。先小篆而后古籀者。尊汉制也。以小篆为质。兼录古文籀文。所谓今叙篆文合以古籀也。小篆之于古籀。或仍之。或省改之。仍者十之八九。省改者十之一二而已。仍则小篆皆古籀也。故不更出。古籀省改。则古籀非小篆也。故更出。一二三之本古文明矣。何以更出弌弍弎也。盖所谓古文而异者。当谓之古文奇字。此金坛段氏之说。愚按古文而异者。当为仓颉造字以后之变迁也。

六　六书之名义区别

子目本经学门之说文学之第三条下条本第三条

周礼保氏教国子以六艺。故曰六书。许叔重曰。一曰指事。指事者。视而可识。察而可见。意言是也。二曰象形。象形者。画成其物。随体

诘屈。日月是也。三曰形声。形声者。以事为名。取譬相成。江河是也。四曰会意。会意者。比类合谊。以见指㧑。武信是也。五曰转注。转注者。建类一首。同意相受。考老是也。六曰假借。假借者。本无其字。依声记事。令长是也。段氏谓六书者。文字声音义理之总汇也。有指事象形形声会意。而字形尽于此矣。字各有音。而声音尽乎此矣。有转注假借。而字义尽乎此矣。异字同义曰转注。异义同字曰假借。有转注而百字可一义也。有假借而一字可数义也。郑众注六书象形本意转注处事假借谐声。其次第未可考。是以舍郑而从许焉。先儒释转注言人人殊不能备录此篇以字形变迁为主转注俟说文专科详说之

七　六书之次第

汉书艺文志小学家。谓象形象事象意象声转注假借为造字之本也。其次第与许书小异。象事即指事也。象意即会意也。象声即形声也。郑樵通志曰。六书以象形为本。形不可象。则属诸事。事不可指。则属诸意。意不可会。则属诸声。声则无不谐矣。五不足而后假借生焉。此数语言次第最明晰。疑周礼保氏郑注。或系后人所倒乱。见王筠说文释例。通志曰。独体为文。合体为字。象形指事。皆独体也。会意形声。皆合体也。四者为经。造字之本也。转注假借。二者为纬。用字之法也。汉志以六书为造字之本来合。惟叙六书之次第。较之许氏为便也。西洋以埃及为最古其古文皆象形字有虫鱼马牛之象其国之金塔石柱至今犹存美洲墨西哥亦有象形文字张南皮以为华人所立盖象形为造字之权与固中外之所同也

八　古文籀文之变迁

子目本古籀篆之变析为三节

周宣王大史籀著大篆十五篇。其文与古文或异。汉书艺文志云。史籀十五篇。自注周宣王太史公作大篆十五篇。又云史籀篇者。周时史官

教学童之书。然则其姓不详纪传中。盖史官不言姓。犹孔子之称史鱼。后人之称史迁。皆不言姓也。史籀大篆。其文与古文异者。详于许氏十四篇之中。其已改者。许氏别之曰籀文。其未改者。仍曰古文。其古籀之无异于古籀者。虽不言古文籀文。实古文籀文也。王莽传征天下史篇文字。孟康云。史籀所作。盖史篇以官名。犹籀文以人名耳。许书引史篇者三。奭下云。此燕召公名。史篇名丑。匋下云。史篇读与缶同。姚下云。史篇以为姚易知。则大篆之下。兼有解说。自汉以后。亡佚几尽。许氏所谓籀文九千字者。其遗文只此数语耳。

九　籀文以后之变迁

孔子书六经。左丘明述春秋传。皆以古文。孔子殁而微言绝。七十子终而大义乖。周政不纲。诸侯皆去其籍。不至秦始皇而始焚书也。中庸孔子曰。今天下车同轨。书同文。行同伦。列国皆以大篆为通行之字。未尝变也。七国时。秦孝公赵武灵王皆变乱先王之法制。许氏所谓田畴易晦。车涂易轨。律令异法。衣冠异制。言语异声。文字异形。今考六国异声异形之字。不传于后世者。国灭而文字随之也。古之渤海西夏皆创字不传今波兰字亦灭汉兴。言论语者。有齐鲁之异。春秋传左氏楚人。其书皆楚人之辞。公羊氏齐人。其书皆齐人之辞。郑樵所谓一家之言也。后世六经诸子中。往往有字形音读。与说文异。且说文所谓收者。大抵皆六国遗文。杨雄因考輶轩之方言。多识奇字。盖六国之书。就大篆而损益之。非离六书而自造一体也。

十　大篆小篆之变迁

秦始皇并六国。大一统。凡六国法制异于秦者皆更之。则六国文字异于秦者亦罢之矣。丞相李斯作仓颉篇。中书府令赵高作爰历篇。大史令胡毋敬作博学篇。皆取古文大篆。或颇省改。所谓小篆者也。秦人得天下。以秦文同天下之文。其损益旧制。亦犹殷因于夏。周因于殷也。今以大篆小篆。比而观之。籀文繁而小篆简。人情孰不惮繁重而趋简易乎。史籀较古文已简易。小篆则更简易矣。治六经者皆究大小篆而已。未有上溯蝌蚪钟鼎者。盖好古者学之。非必人人学之也。西人字母亦分大楷小楷两种东文字母亦分片假名平假名二种其字形大同小异亦与大篆小篆略同中文用大篆少小篆多西文亦用大楷少而小楷多也

十一　传说文之统系

子目本章程原文在六书名义区别之前今移之于此因时代为先后而各家说文之学皆附此款

说文奏上以后。郑康成注三礼。各引一事。建初中曹喜邯郸淳韦诞。皆以篆法授受。吴严畯字曼才。好说文。晋慥令吕忱上字林六卷。附托许慎说文。见法书要录。后魏江式之论书表。梁黄门侍郎顾野王撰玉篇。陈书称虫篆奇字无所不通。亦有得于许氏也。唐之李阳冰善小篆。上与李斯齐名。谓之笔虎。盖唐以说文立博士。习之者多也。林罕谓文中之古籀。为吕忱所增其说未是。宋则有郭忠恕之汗简佩觿。夏竦之古文四声韵。张有之复古编。郑樵之六书略。戴侗之六书。故其大旨皆不违于许氏。其间传述之功。则以南唐二徐为最。楚金之系传。鼎臣之校理。世所谓大徐小徐也。元明以来。训诂之学渐微。则语录性理间之也。元之杨恒刘泰戴侗周伯琦舒天民。明之赵古则杨慎陆深朱谋玮张位。所说转注。言人人殊。不可毛举。近人臧氏礼堂著说文引经考。严氏可均说文天算考。说文声类。皆有专门独到之功。孙氏星衍考三体石经。校仓颉篇。皆以许书为根据。段氏玉裁注说文解字。竭数十年之力为之。精实通博。非前之传说文者可及。虽纽氏树王。订其谊例。邹氏伯奇。作札记纠其牴牾。而段氏之书。终为治说文者所重也。桂氏复说文义证。徵引群言。不加断制。致后人有类书之讥。王氏筠说文释例。条举许氏原书所称引而部分之。便于学者。及朱氏说文通训定声出。几欲毕智竭

精。使后不可加矣。忆乾嘉诸老。如钱氏坫病废后。犹左手作篆。江氏声生平笔札。皆用篆书。其笃好非常人所及。夫古人小学之一。今人皓首或未能穷焉。则时代限之也。兹篇述变迁大意。其各家要旨。俟经学说文学专科详之。此节以说文为限元吾邱衍学吉篇及近世篆印之谱录无关宏指不录专意美术者自求之

十二　篆隶之变迁

秦始皇禁挟书。不禁识字。势不可也。既用小篆。而用于奏事及刻石告功。复作隶书以施之徒隶者。岂欲开通黔首之智慧哉。亦势不能不变也。古者天子治畿内。环四方所至。皆五百里。文告易通。字虽繁重。犹可用也。秦并天下。赋役狱讼。文牍繁兴。则不得不以隶人佐书。隶人但求记事。不得不日趋简易。下杜人程邈为衙狱吏。得罪幽系云阳。增减大篆体。去其繁复。始皇善之。出为御史。名曰隶书。为秦书八体之一焉。汉人碑刻石经所用之字。谓之汉隶。娄机撰汉隶字源。王念孙撰汉隶拾遗。所以别于秦隶也。钟王变体。谓之今隶。遂合秦汉而称古隶焉。今隶即今日楷书之元胎也。庾元威创散隶。谓以散笔作隶书也。后世徒隶。益务简易。公牍文字。俗体日滋。如准作准验作验之类吾不知其变迁所极也。

十三　篆隶与八分之别区

秦之八体。曰大篆。曰小篆。曰刻符。曰虫书。曰摹印。曰署书。曰殳书。曰隶书。独未言八分。欧阳修遂以八分当隶书。纪晓岚据梁肩吾之书品辨云。谓庾氏云隶书。即今时正书。梁之正书。即今之楷书也。唐六典及张怀瓘书断上卷。列八分于籀篆之后。隶书之前。则八分岂遂为篆隶变迁之枢纽乎。何许慎说文。略而不言也。书断言秦始皇见王次仲文简略应急。甚善。遣使召之。于时代未合。唐唐元度论十体事。谓

后汉帝时上谷王次仲作八分楷法。则与程邈隶书有别。而晋书卫恒四体书势。则言王次仲始作楷法。至灵帝好书。时多能者。又言梁鹄谓邯郸淳谓得次仲法。然鹄之用笔尽其势矣。鹄弟子毛宏。教于秘书。今八分皆宏法也。此说出于晋书。且在书断之前。宜其可信。则八分之法。更在汉隶之后。古籀之法。变迁已尽。讵可驾于秦隶之上乎。如谓隶书即正书。则八分即可谓楷法乎。是以仍从说文序目为次。退八分附隶书之后。庶几篆隶变迁之迹可考焉。

十四　隶草之变迁

许书言秦初有隶书。又言汉兴有草书。草书者。又隶书之变也。汉赵壹曰。盖秦之末刑峻纲密。官书烦冗。战攻并作。军书交驰。羽檄纷飞。故为隶草。趣急速耳。示简易之旨。非圣人之业也。晋卫恒四体书势。亦云不知作者姓名。章帝时齐相杜度号善作篇。后有崔瑗崔实。亦皆称工。杜氏结字甚安。而书体微瘦。崔氏甚得笔势。而结字小疏。宏农张伯英者。因而转精甚巧。又言弟文舒者。次伯英。又有姜孟颖梁孔达田彦和及韦仲将之徒。皆伯英弟子。有名于世。然殊不及文舒也。罗叔景赵元嗣者。与伯英并时见称于西州。而矜巧自与。众颇惑之。故英自称上比崔杜不足。下方罗赵有余。河间张超亦有名。虽与崔氏同州。不如伯英得其法也。

十五　北朝南朝文字之变迁

章程但言北朝不言南朝盖谓北朝犹近古耶

魏钟繇晋卫瓘乘古篆之衰歇。汉隶之式微。由草书行书变而近于正书。当典午统一吴蜀时。文教固俨然定于一也。永嘉一乱。南北隔阂。南朝王羲之献之僧虔等以及智永虞世南衍为南派。北朝则索靖崔悦卢谌高遵沈馥姚元标赵文深丁道护葛衍为北派。唐初欧阳询褚遂良。其源亦出于北派。南派几不显。及太宗善王羲之书法。南派显而北又微矣。赵宋阁帖盛行。北派愈微。惟集古录论南北书。言南朝士气卑弱。书法以清媚为佳。北朝碑志之文辞浅鄙。又多言浮屠。其字画往往工妙。惟后魏北齐差劣耳。盖篆隶遗法。东晋已多改变。无论宋齐也。笺牍繁而减笔多。复古愈难。北朝拘谨拙陋。而古味盎然。近人书法。竞尚北魏。亦风气为之也。

十六　唐以后正书之变迁

东坡谕唐六家书。永禅师骨气深稳。体兼众妙。精能之至。反造疏淡。欧阳率更。妍紧拔群。尤工于小楷。褚河南书。清远萧洒。微杂隶体。张长史草书。颓然天放。略有点画处。而意态自足。号为神逸。颜鲁公书雄秀独出。一变古法。后之作者。殆难复措手。柳少师书本出于颜。而能自出新意。其言心正则笔正者。非独讽谏。理固然也。东坡于唐代书法变迁之迹。论之最精。而武曌刘龚等私意造作之字。则置而不论也。北宋书家。东坡及黄山谷米襄阳。大抵高视阔步。气韵轩昂。或诋其棱角怒张。则失之过。蔡襄李时雍。亦有声于世。宣和时徽宗留意书法。得杜唐稽一人。书法不传。高宗南渡。不力图恢复。乃作评书之文。为翰墨志。玩物而已。大旨所宗。惟在羲献。彼何不援羲之之言曰。区区江左。固以寒心乎。其后裔赵孟頫。遂靦仕元。所书御服诸碑。颂扬大元盛德。不自知其数典忘祖矣。考文字之变迁。亦兴亡之大鉴戒乎。

附注正书以后变迁最异者为洪武体或谓之宋字横细纵粗字体方正施之刻书良有裨益惟文人习之者少碑版亦无用之者仅为手民专家之学也

第二篇　古今音韵之变迁

一　群经音韵

生民之初。必先有声音而后有语言。有语言而后有文字。诗歌之作。应在书契以前。但求其音之叶。不求其文之工也。尚书非有韵之文也。夔之典乐。依永和声。其音韵之始乎。皋陶赓歌。明良康喜起熙之词。皆韵文也。商周风雅颂存于今者。盖三百篇。作诗者虽未必如今人之检韵以求叶。然今人之考古音者。惟据古诗及有韵之文。足以互证。易彖辞如初筮告再三渎之类。盖屋沃古通也。爻辞如需干血。出自穴。皆在屑韵。长子帅师。弟子舆尸。皆在支韵。则古今所同也。文言同声相应。同气相求。水流湿。火就燥。求燥同韵。与箕子麦秀歌相同。则古今迥异也。曲礼首章。毋不敬。俨若思。安定辞。安民哉。思辞哉同韵。其余韵文散见于礼经之中者。则不可枚举矣。仪礼士冠礼士婚礼之醮词。考工记之梓人祭侯辞。栗氏量铭。皆有韵之文也。春秋左传中之筮辞童谣。与诵谚语。亦有韵之文也。故近世考古韵者。取群经有韵之文。折衷于毛诗。而后谛煌以上之元音。乃复显于世。盖经专门之业也。不以古音读古书。犹不以和音读和文。于古义究多扞格处也。有志者俟入大学音韵专科研究之。

二　周秦诸子音韵

杨升庵古音略例。取易诗礼楚辞老庄荀管诸子有韵之文。标为略例。颇得古韵要领。至于老子朝甚除。日甚芜。仓甚虚。脉文彩。带利剑。厌饮食。资财有余。是谓盗夸。慎据韩非解老篇。改夸为竽。谓竽字方与余字叶。柳子厚诗仍押盗夸。均误今考说文夸从亏。大声则夸之本音。不作枯瓜切明矣。庄子窃钩者诛。窃国者为诸侯。慎读诛为之由切。不知侯之古音胡。正与诛为韵也。荀子第二十六篇曰赋。有礼赋知赋云赋蚕赋箴赋。鼎立于风骚之囿。为有韵文之大宗。管子四维不张。国乃灭亡之语。最传诵于人口者。亦因有韵而便记忆也。呜呼。升庵远谪滇南籍。搜剔古书自娱。近代音韵钜子继起。杨氏之书式微矣。创始之功。盖不可没。今人厌薄旧学。于音韵之繁难者。尤不暇究心。然考古音变迁之大略。固治高等文学者所当务也。

三　汉魏音韵

汉高皇大风之歌。汉武帝秋风之辞。以及魏武帝横槊赋诗所用之韵。皆与今韵为近。非若三代以上之音。佶屈聱牙也。汉文选古文苑之诗赋。及箴铭颂赞之属。其有韵之文。多于群经诸子。而焦氏易林之数。全书用韵尤多。故考证汉韵。较考证经韵尤易。惜唐人自撰唐韵。汉人未尝自撰汉韵也。周秦以前之古音。惟汉儒能解。而汉人之古音。惟近代经师能解。因汉魏以考周秦。如重译然。如邮路然。汉魏音韵既古。故汉魏之文。音节亦古。六朝八家之所能及也。凡将急就。汉人小学书皆韵文。今日古意犹未尽失也。

四 六朝音韵

魏晋间李登作声类。虽以声分类。凡万一千五百二十字。未尝谓之韵也。陆机文赋曰。采千载之遗韵。盖韵由晋人采集而成。东晋吕忱之弟吕静始为韵书。集宫商角徵羽各一卷。至宋周彦伦始著四声切韵。行于时。齐梁之际。吴兴沈约陈郡谢眺琅琊王融以气类相推。为文善用宫商。以平上去入为四声。世呼为永明体。盖约与王谢。词华高瞻。足以提倡一世。然合于当时之声调。及江左之方言。未尝通诸古训。作赋弥巧。研经弥拙。使古今语言之歧异。若华裔之不相通晓。此其弊也。然沈约以后。四声之学。历陈宋元明至今不能变。且燕粤齐秦。四方睽隔。俗谚绝不相同者。音韵无不同焉。未必非周沈诸家之力也。福建俗语歌谣以汉字书之学者必疑其无音韵也

五 经典释文音韵

陆德明生于江左。其汇辑前人之音。以释经典之文。则不尽吴音也。乃毛居正著六经正误一书。讥陆氏偏于土音。因辄取他字以易之。后人信其说。遽以改本书矣。大凡切音有音和。亦有类隔。陆氏在当时。或用类隔。未尝不可以得声。而后人疑其不谐。亦私为改易。疏本多有之。幸本书无恙耳。陆氏所见经典之本。与贾孔诸人不同。强此就彼。实有未安。夫古无舌头舌上之分。知彻澄三字母。以今音读之。与照穿床无异。求之古音。则与端透定无异。说文冲读若动。书惟予冲人。释文直忠切。古读直如特。冲子之音。犹董子也。字母之学。明者明。暗者暗。明者引千言而解一音。暗者惮其烦苦而弗习焉。此音韵之学。终不太显于世欤。

六　广　韵

韵书存于今者。广韵最古。然广韵之原本。今亦不存。惟后世累有修改。皆以广韵为鼻祖。故见重于世耳。初隋陆法言以吕静夏侯该杨休之周思言李季节杜台卿等六家韵书。各有乖互。因与刘臻颜之推魏渊卢思道李茗膺辛德源薛道衡八人。撰为切韵五卷。书成于仁寿元年。唐仪凤二年。长孙讷言为之注。后郭知元关亮薛峋王仁煦祝尚邱递有增加。天宝十载。陈州司徒孙愐重为刊定。改名唐韵。后严宝文斐务齐陈道固又各有添字。宋景德四年。以旧本偏旁差讹。传写漏落。又注解未备。乃命陈彭年邱雍等重修。大中祥符四年书成。赐名大宋重修广韵。今日与麻沙刻本并存于世。则广韵一书。自隋迄宋。屡有修改。不辨孰为原本也。

七　唐　韵

唐人以陆法言切韵试进士。孙愐又重定为唐韵。及宋人重修广韵。而唐韵亡矣。然徐鼎臣校许氏说文。在重修广韵以前。所用翻切。一从唐韵。河间纪迟叟。作唐韵考以为翻切之法。其上字必同母。下字必同部。谓为之音和。间有用类隔之法者。亦仅假借其上字。而不假借其下字。因其翻切下一字。参互钩稽。辗转相证。犹可得其部分。乃取说文所载唐韵。翻切排比。析归各类。乃知唐韵部分。与唐韵同。但收字多寡不等耳。有此书而隋唐宋音韵变迁之迹。犹可考也。

八　集　韵

宋景祐四年。太常博士直史馆宋祁。太常丞直史馆郑戬等。建言陈彭年邱雍所定广韵。多用旧文。繁略失当。因诏祁戬与国子监直讲贾昌朝王洙。同加修定。刑部郎中知制诰丁度礼部员外郎知制诰李淑。为之典领。此集韵之例言也。司马光切韵指掌图序。则称仁宗诏翰林学士丁公度李公淑增崇韵学。自许叔重而降。凡数十家。总写集韵。而以贾公昌朝王公洙为之属。治平四年。余得旨继纂其职。书成上之。有诏颁焉。是集韵成于温公之手也。其书平声四卷。上去入各二卷。共五万三千五百二十五字。视广韵增二万七千三百三十二字。盖字如孳乳寖多。音韵亦寖多矣。后世韵府之属。蔚为类书。韵编之例。用于图史。一则广博而人不厌其繁。一则精实而人皆乐其易。皆便于检察。有裨考证也。英人习中国语言文字亦有汉音韵府卷幅浩繁

九　宋礼部韵

宋礼部韵有二本。附释文互注礼部韵略五卷。附贡举条式一卷。增修互注礼部韵略五卷。则毛晃父子所增也。宋初程式用韵。漫无限制。故闽士有以天道如何仰之弥高为叶音者。景祐以后。撰此书。著为令式。迄南宋不改。然收字颇狭。颇为俞文豹吹剑录所讥。孙谔黄积厚黄启宗张贵谟吴杜皆屡请增收。而伯嵒亦作九经补韵。以拾其遗。然每有陈奏。必下国子监看详。再三审定。而后附刊韵末。或有未允者。如黄启宗所增跻一作齐鳏一作矜之类。赵彦卫云麓漫钞尚驳诘之。盖既经廷评。又经公论。故较他韵书特谨严。毛晃搜采典籍。依韵增附。又韵略之例。凡经有别体别音者。皆以墨阑圈其四围。亦往往舛漏。并厘订音义字画之误。凡增二千六百五十五字。增圈一千六百九十一字。订正四百八十五字。其子居正复续所遗。增一千四百二字。父子相继。用力颇勤。但不知古今文字音韵之殊。往往以古音入律诗。借声为本读。所谓引汉律断唐狱者耶。

十　平水韵

今日通行之韵。上下平各十五。上声二十九。去声三十。入声十七。

大抵因平水韵之旧耳。古韵分二百六部。唐宋相承。虽次第先后不同。而部分未改。平水韵并四声为一百七韵。阴时夫又并上声拯韵入迥韵。遂成今日通行之韵焉。后人往往以平水为刘渊。考元椠本平水韵略。卷首有河间许古序。乃知平水书籍王文郁所撰。后题正大六年己丑。则文郁书成于金哀宗时。非宋人也。刘渊刊王水平水韵略而去其序。故黄公绍以为刘渊所撰也。元明以来。承用已久。虽洪武正韵。以帝王之力。不能夺焉。康乾时之佩文诗韵为宫韵。沿习不改。而音韵名家。专以讨论古韵为功。不复以今韵为学。惟词章家资以为用也。大成集成。镂铜板于前。合璧全璧。缩石印于后。层叠堆积。有类高头讲章。专供獭祭。新章既改。场屋夹带。不复用此。将舍声偶之微。究音均之实。中西科学。咸基于此矣。世俗以王刘黄阴之均为沈约韵盖未考变迁之故也

十一　翻　切

左传之丁宁为证。国语之勃鞮为披。国策之勃苏为胥。实为翻切之始。汉之许郑释音。究形声之原。从偏旁之正音或转音。不过曰读如读若从某声而已。及曹魏之初。孙炎始为翻切。王弼注易。亦有翻切二处。盖古人但以一音释一音。孙王乃合两音以释一音也。譬之钟为钟声。鼓为鼓声。钟鼓并作。则自成一种音节。又譬如黄色蓝色。并著于素质。则成绿色。同一显而易见之理也。但孙氏创翻切。仅见于尔雅音义。而未明其原。故魏之末。翻切盛行。而高贵乡公。犹不能解。反以为怪也。孙炎之学未精。宜乎西域字母之学。乘其敝而入中国也。

十二　字　母

孙炎言翻切不言字母。至六朝僧神珙始作三十字母。珙有反纽图。出于唐元和以后。或云唐初僧舍利作三十字母。后有僧守温者。益以六字。今所谓见溪郡疑是牙音。端透定泥舌头音。知彻澄娘舌上音。帮滂

并明重唇音。非敷奉微轻唇音。精清从心邪齿头。照穿状审禅正齿。影晓喻匣是喉音。来日半唇半齿音是也。中国字母仿西法。犹日本字母借中文也。悉昙梵偈。儒者不言。然字母之学。于彼教无与也。神珙五音声论。及四声五音九弄反纽图。附于玉篇。传于后世。然隋书经籍志。已称婆罗门书十四音贯一切字。汉明帝时与佛书同入中国。释藏译经。字母自晋僧伽婆罗以下。可考者尚十二家。则字母亦不始于神珙矣。近日中国新字母惟蔡氏沈氏两家较著

十三 双 声

中国以双声取反切。西域以字母统双声。其理一也。反切之音。同母者谓之双声。同部者谓之叠韵。叠韵之字易知。如堂皇雍容之类是也。双声之字。古人多用为形容词。如丁冬芬芳之类是也。词章善用叠韵双声。取其音节之谐也。古人不但叠韵之字可为韵。双韵之字亦可为韵焉。经韵之难合者。皆双声也。试取三百篇之不合于叠韵者。以双声通之。自无不合者。又何必增立转音合韵种种名目乎。终南之诗。裘与梅哉为韵。羔裘之诗侯与濡渝为韵。皆双声也。七月之阴与冲韵。云汉之临与躬韵。荡之谌与终韵。小戎之骖与中韵。皆双声也。养新录以为转音。不若谓之双声尤合。叠韵谐和必同韵。双声之谐和。则自此韵歧入彼韵。愿学者必熟察焉。

十四 六朝反语

等韵盛于齐梁。陆法言之切韵。即反语也。两文字互相切谓之反。取反覆之义。亦谓之翻。如同泰之反为大。桑落之反为索即是也。两字切一字。磨切而出声谓之切。德红之切东。徒红之切同是也。亦谓之纽。有正纽。有倒纽。有旁纽。不越一反也。名异而实同耳。以三十六字母。贯穿天下无穷之字。切韵以同母出切。以同韵定声。而本音生焉。千载

后音读差讹。可藉反切而考其元音。且向无同音之字。亦可以反切取其音。然后世用反切者。或所用上下两字不合。则所切之音亦不合。此其未尽善者矣。盖两音并一音。犹西人两字母并一语。故其用犹狭而不广也。

十五　三合音

郑夹漈六书略。谓华有二合之音。无三合之音。梵有二合三合四合之音。亦有其字。因举挲缚之二合。啰驮曩之三合。悉底哩野之四合为证。沈括梦溪笔谈。亦谓梵语萨嚩诃三字合言之。即楚词之些字。本朝乾隆时御定清文鉴。左为国书。右为汉语。国书之左。译以汉音。用汉字三合切韵。汉书之右。译以国书。为取封音。国书之声。多汉字所无。故以三合取之。又推及蒙古西域。而同文韵统。并天竺西番之字。咸考合焉。宜当时声教之远矣。传甲夙以不习清书为大耻。见旧刻图史通义且吉黑边务。知俄语不知满蒙语。不能任也。新疆边务。知英俄语不知准回语。不能任也。西藏边务。知英语不知卫藏语。不能任也。中国文字。应习者凡五种文字。中原志士。仅知其一。不知其二焉。大学堂章程中国文学门。未尝及此。今因论三合音类及之。他日大学成。增设满蒙回藏文字。造成边帅之材传甲固愿为建议之人焉。又按合音即西文之并法无他巧也

十六　东西各国字母

今日东西各国。皆以字母为文。第一字母。东人作フ。西人作 A。则东西之音皆同。读之如阿。中国清文十二字头。第一字亦作阿。畴昔阿字。为陵阿之义。收入歌韵。今则钦定音韵述微。收入麻韵矣。古音麻韵之字。皆与鱼虞相从。字母出而中国始有麻韵也。阿字其天然之元音乎。日本落合直文著言海。凡外来语言。皆表而异之。中国地大人繁。

梵词蛮语。古时流传至今者。文人学士。且习焉而不察也。今日东西新名词。侵入中国。不但文字变。言语亦变。上海有洋泾滨语。不中不西。即西人学华语而未成。华人学西语而未成者所组织也。此亦文字大同之始基也。日本字母。出于中华。泰西字母。皆源于罗马。中国一字。日本并合数字母而始成。英法德俄用罗马字母。而并法各异。且英美同文。而言语微歧。法比同文。而言语微歧。德意志各联邦。文字同而言语微歧。他日世界大同。欧州列邦。必同用罗马古文。亚洲列邦。必同用中国汉文。或名词皆定为汉字。而以字母绾合其间。东西人皆可读。而交通之机。庶无阻滞也。东西字母未及胪列诸君习东西文已久自能会通深理兹仅述音韵变迁梗概耳

十七　宋元明诸家音韵之学

宋吴棫字才老。作韵补五卷。为学者发明古韵之始。别有诗补音楚辞释音。据其本文。以推古读。故朱子有取焉。韵补则引书五十种。下逮欧苏诸作。与张商英之伪三略。旁及黄庭经道藏诸歌。故寥错冗杂。漫无体例。惟棫书虽牴牾百端。后之言古音者。皆由此推阐加密。故仍居功首焉。元人熊忠撰古今韵会举要。拾李涪余论。力排江左吴音。今韵古韵。茫然无据。东韵收窗字。先韵收西字。虽旧典有徵。而未免有心骇俗。不便施行。明洪武正韵。乐宋诸臣。私臆窜改。非复古也。杨慎撰古音丛目五卷。古音猎要五卷。古音余五卷。古音附录一卷。古音略例一卷。转注古音略五卷。慎在明人中。博洽多闻。故搜辑秦汉古书。颇为赅备。惜才大而心未细。往往为后人訾议耳。陈第撰毛诗古音考四卷。屈宋古音义三卷。言必有征。典必探本。焦竑以外。无人能通其说者。虽卷帙无多。其精实殆过于杨慎也。

十八　国朝顾炎武江永戴震段玉裁王引之诸家音韵之学

顾宁人音学五书。为当代治古音者之圭臬。音论三卷。诗本音十卷。

易音三卷。皆精核。唐韵正二十卷。则不免是古非今。古音表二十卷。颇变乱旧部。韵补正一卷。绝无叫嚣之气。正其失不攻其短也。亭林谓欲复三代之制。必自复古音始。此则可言不可行也。顾氏但分古韵为十部。江永古韵标准凡平上去各十三部。入声八部。以诗三百篇为诗韵。周秦以下。音之近古者为补韵。视诸家界限较明。其弟子戴震受音韵算数之学于江氏。而复古之志益锐。所著声韵考。力辨反切始于孙炎。不始于神珙。亦犹所著勾股割圜记。谓弧角不始于西人也。段玉裁著六书音韵表。分古韵为十七部。大端毕备。王引之更分之为二十一部。则分析之条理愈密也。顾江戴段王五家。音韵专科统系所在也。毛西河古今通韵易韵之类。虽博涉群书。有裨考证。而穿凿附会。盖亦多矣。好学师先正之长。而救其失可也。今日学有根柢之士。于音韵罔不涉猎。其未习古音者。又力疲于欧罗巴之音而不暇及此。故讲义从略焉。先正专书具在。入大学堂经学文学专科者。庶能深究其旨焉。

第三篇　古今名义训诂之变迁

一　虞夏商周名义训诂之变迁

尧典禹贡汤誓武成。同为史臣纪事之作。王者御制之文。孔子以四代合为一编。文之繁简各不同。盖二千年中。名义训诂之变迁者已多矣。尧舜以后。帝号遂去。王者取一贯三才之义。天下所往也。意者后启于讴歌讼狱之来归。遂上尊号为王。而商周因之也。都俞吁咈畴咨之辞。三代之书所罕见。盖言语亦随时代而变矣。星鸟星火星虚星昴之文。征之夏小正。节候犹同。及合月令观之。而岁差大著矣。禹贡九州之制。至于殷则称九有焉。至于周礼职方。亦称九州。而规画迥异焉。由孟子观之。贡助彻之名。屡变于井田。胶庠序之名。屡变于学校。邹鲁学者。当时已屡劳考辨矣。天时地理人事无不变。则训诂之变迁亦宜也。书曰无或侜张。尔雅释训诂张诳也。盖训者道也。道物之貌以示人也。古训变则当以今训释之。今人以欺诳之诳字入于俗语。无有以侜张二字入俗语者。古训已失也。初字见于虞书。哉字用于周书。尔雅释诂。皆谓之始也。春秋元命包谓孔子以尔雅为周公所作。后人以为孔子子夏所增益。或言叔孙通所补。或言郝郡梁文所考也。今日考四代训诂之异。尔雅其为大宗乎。而四代之名义不同者。或杂见于礼记。周监于二代。其与二代相同者。则礼记仍之而弗言焉。

二　列国风诗名义训诂之变迁

周南河洲。二水中分中陆地可居者也。召南之江沱。水别出而复合。其间之陆地。亦大洲耳。洲与沱各异而实同也。绸缪之三星。心宿也。七月之流火。亦心宿也。三星与流火。名异实同也。关关之训。惟周南有之。其余国风。无此语也。权舆之诂。惟秦风有之。其余国风。无此语也。其训之通行于今者。亦不无变迁。如萋萋者叶也。离离者黍也。后人借以形容草色焉。桃之夭夭。瓜瓞绵绵。有不识字而能言之者。近于俗语。为吉祥之祝词故耳。维叶莫莫。其叶湑湑之类。惟经生解之。词人所弗用也。遂荒之荒。淫威之淫。释诂皆谓之大。三代以下。荒淫二字。惟施于桀纣幽厉之君。何大之有。读古书不明古训不可也。泥古训而施之于今亦不可也。

三　春秋战国名义训诂之变迁

春秋至战国。曾几何时。而王道陵夷。世运遂因以大变耶。姬者周室之国姓也。春秋时。郑庄晋文。先后称雄。姬姓犹有生色。勾践灭吴。子哙亡燕。姬姓不纲。姬字且降为妾御之名矣。君者统皇王后辟公侯伯子男而言也。战国时商君孟尝君之类。且用为陪臣之专名矣。东周君西周君且为亡国之称也。左传称楚人谓乳为谷。谓虎为于菟。公羊传称吴人谓善为伊。谓道为缓。与中国名义训诂迥异。当日应有专书考证也。今吴楚土音。无此语久矣。吴地入楚。楚地入秦。疆域统合而名义亦合也。古人用字。贵合时。不尚高古。尚书用兹字。论语用斯字。皆时代之异也。孔子犹随时。此其所以为圣之时者欤。

四 尔雅兼收周秦诸子之名义训诂

尔雅非附于群经也。萃周秦诸子传记之名义训诂。以辨异同而广见闻者也。如释天云暴雨谓之涷。释草云卷施拔心不死。此取楚词之文也。洪北江以卷阁名集志更生也释天云。扶摇谓之犬。释虫云蒺蔾蝍蛆。此取庄子之文也。释诂云嫁往也。释水瀵大出尾下。此取列子之文也。释地云西至西王母。释兽云小领盗骊。此取穆天子传之文也。释地云。东方有比目鱼焉不比不行。其名谓之鲽。日本作カレコ头小口尖鳞细尾无歧有黑白数种又有名鲽星鲽南方有比翼鸟焉。不比不飞。其名谓之鹣。此取管子之文也。又云邛邛岠虚负而走。其名谓之蟨。此取吕氏春秋之文也。又云北方有比肩民焉。迭食而迭望。释地云河出昆仑墟。此取山海经之文也。释诂云天帝皇王后辟公侯。又云洪廓公溥介纯夏怃。释天云春为青阳至谓之醴泉。此取尸子之文也。释鸟爰居雒县。此取国语之文也。如此之类。不可毛举。郭氏注尔雅。兼注方言山海经。故学博而通。邢昺之疏亦详而实。今人读周秦诸子而不解。必据说文尔雅以明古义焉。本朝邵编修晋涵之尔雅正义郝户部懿行之尔雅义疏远出邢上而郝氏尤胜盖明于声音文字之本原也

五 秦始统一名义训诂之变迁

天子有议礼制度考文之权。秦政有其位无其德。然自儗甚高。功烈威望。又足以慑一世。遂采三皇五帝之尊号为皇帝。汉唐以下。皆袭其爵。始皇帝之名义。诚足以副其实矣。制天子之称曰朕。人臣称天子曰陛下。汉唐以下。莫不以为通称矣。废封建之制。设郡守县令以治之。法一变而不可复。名义一变而后世尊用之。其黔首之称。后世不复仍之者。不如民字之简便也。至于皇帝之名。既由兼并而成。丞相之名。则亦出于兼并。古制有疑丞有相。无所谓丞相也。后王莽自号宰衡。即师

此意。贤如萧何诸葛亮。皆沿李斯之职守焉。三十六郡之名。如九江会稽太原汉中长沙。以及增置之桂林南海。今日犹为府治。世屡变。地屡变。而郡名犹未变。秦始之雄才大略。洵三代后之创制之主也。

六　方言之训诂名义变迁最繁

方言旧本相传为杨雄撰。郭璞解。今有东原戴氏疏证。考汉书杨雄传及艺文志皆无可据。学者疑之。然汉末应劭以来。称述无异辞。亦无庸致疑也。周秦常以岁八月遣輶轩之使。求异代方言。还奏籍之。及嬴氏亡。遗文无见之者。蜀严君平有千余言。林闾翁才有梗概之法。杨雄好之。今卷首曰党晓哲知也。楚人谓之党。或曰晓。齐宋之间谓之哲。又曰虔儇慧也。秦谓之谩。晋谓之㥯。宋楚之间谓之倢。楚或谓之谲。自关而东。赵魏之间谓之黠。或谓之鬼。由此观之。其方言有通行至今者。如以晓为知。今楚语作晓得以鬼为儇今俗以黠为弄鬼是也。党朗虔儇。词人用为骈偶之材料。㥯字谲字。不检字书者。不能一见而知其音义焉。今俗语有音无字者。意者或力言之难字。久而失传也。今闽吾谓眼曰眸子。三尺之童即知之。吾见吴楚之读孟子者。于眸子处必口授曰。即眼也。归闽见塾师教周易为多白眼句。必口授曰。此眸子也。夫六经之文。皆当时之俗语。今日六经之古语。或分存于各省俗语中。习用之字音。人以为俗。罕见之文字。人以为古。吾不知孰为古孰为俗也。方言之三卷写字斟字采及朝鲜今虽同文已自立而见屈于强邻矣然中国旧属琉球越南读汉文而生异义造新字者尚无专书可考也

七　释名考经籍名义可据

汉去古未远。刘熙释名。虽未必尽得古人名物之实。致伤于穿凿。然以同声相谐。推论称名辨论之意。兼可知器物之古音焉。如楚辞九歌薜荔拍兮蕙绸。王逸注拍搏辟也。搏辟二字。今莫知何物。观是书释床

帐篇。乃知席搏著壁上谓之搏辟。孔颖达礼记正义。以深衣十二幅。皆交裁谓之衽。是书释衣篇云。衽襜也。在旁襜襜然也。则与玉藻言衽当旁者。可以互证。释兵篇云。刀室曰削。室口之饰曰琫。下末之饰曰琕。又足证毛诗诂训传之讹。其所资于考证不一而足也。后汉书刘珍传称珍撰释名五十篇。以辨万物之称号。其书名相同。姓又相同。郑明选作秕言。颇以为疑。然历代相传。无引刘珍释名者。则珍书久佚。不得以此当之也。今江氏声为释名疏证及续释名。并典核。

八　广雅萃集汉儒笺注名义训诂

汉儒笺释群经。古义大显。各守家法而不相通。魏张揖官博士。综两京之群言。依尔雅之旧目。仓颉滂喜训纂说文方言之类。皆括于兹编。如释诂卷首。古昔先创方作造朔萌芽本根蘖龟莑昌孟鼻业始也。所胪列较尔雅尤博。隋秘书学士曹宪为之音释。避炀帝改博雅。故有二名。揖别著埤仓古今字诂。皆不传。汉魏训诂名义。独赖此书之存。近世汉学者宝之。高邮王氏念孙为之疏证。原原本本。功倍于邵郝之治尔雅。然有广雅所见之书。而今已佚者。有广雅之佚文而王氏自他书搜摘者。释亲有爹字妈字。妈字已佚王氏采集韵补之足见汉魏之际。即有此名称。相沿至今而名不变也。至于以姐为母。则本说文。蜀人谓母曰姐之视。今人以姐为姊之专名。则正今日变迁之大异者也。广雅疏证卷十为念孙子引之所著。鸟兽草木之名。为专门之学。王氏父子。各有专长。盖动植名物。非但通训诂者所能详考也。文学今归第一类动植则归第四类人有能有不能不相强也

九　唐颜师古匡谬正俗

唐人辨别字体者。莫精于颜元孙干禄字书。而辨别字义者。莫备于颜师古匡谬正俗。师古名籀。以字行。其书前四卷。凡五十五条。皆论

诸经训诂音释。后四卷凡一百二十七条。皆论诸书字义字音。及俗语相承之异。考据极为精密。惟拘于习俗。不能知音有古今也。颜氏生平精力所萃。在汉书注。条理通贯。征引详实。洵班氏之功臣。而匡谬正俗。则群经之总类。其用尤广焉。毛西河引书序俘厥宝玉。解春秋卫俘。诧为特见。不知此书所已引。后人以一人智力。数十载之岁月。置身于数千年数千万卷之中。必欲为古人所不能。则勿以考古为功。而以知新为要也。唐人之书可资考证训诂者尚有释元应之一切经音义释慧苑华严音义与佛教无涉治经者多用之所引古书多今日未见者

十　南唐徐铉说文新附字

此节本应第一篇然新附者既非出古籀篆不过隶草通行之时所增也但新起之名物日多文字因以日多而训诂生焉故录入此篇以见变迁之迹

新附字祆本蕃书俗所奉之大神。僧字为梵刹之教徒。汉以前所未有。不宜孱入。仓籀篇中。璀璨琲珰等字日增。可知世人风俗之侈。蔬字茗字糕字糖字粽字。皆后世日用之食品。刘梦得作诗。字必求合于六教。犹见古人之矜慎焉。其新附为文赋所常用者。如唤字嘲字迢字蹉跎二字诀字韵字翻字翎字腔字映字曙字昂字稳字倒字低字停字掠字。亦不胜枚举。而商人所常用之售字价字港字。皆不能不增入也。赌字增入。赌风日滋。吴韦昭所谓赌及衣物者。古今如出一辙焉。鳌或作龟。列子六鳌。殷敬顺释文曰。即巨龟也。唐人命名。犹有龟年。宋人犹号龟山。而鳌字所引用者。不过楚辞之鳌戴而已。今人以龟为俗忌。又以鳌为吉祥语。是亦不晓名义之故也。

十一　陆佃埤雅之名义

埤雅为尔雅之辅。然训诂阙焉。惟名义独详。其说诸物。大抵略于形状而详于名义。寻究偏旁。比附形声。务求得名之所以然。昔吴陆玑

撰毛诗草木虫鱼疏。去古未远。考证犹易。佃之为书。更有难于玑者也。令埤雅之目。为释鱼释兽释鸟释虫释木释草释天。次第不伦。疑非完本。神宗时佃召对言及物性。进说鱼说木二篇。后乃益加笔削。初名物性门类。后注尔雅毕。更修此书。易名埤雅。其说旁稽典证。通贯诸经。务求博洽。不免于泛滥。后罗愿所著尔雅翼亦然。故近人讥其不可尽据也。

十二　朱子究心名义训诂之据

朱子论语训蒙口义序云。本之注疏以通其训诂。参之释文以正其音读。然后会之于诸老先生之说。以发之精微。论语要义序云。其文义名物之详。当求之注疏。有不可略者。诸类云。祖宗以来。学者但守注疏。其后便论道如二苏。直是要论道。但注疏如何弃得。此朱子自读注疏之证。具深讥不读注疏者也。语类又云。某寻常解经。只要依训诂说字。答黄直卿书。近日看得后生。且是教他依本字认得训诂文义分明为急。答王晋辅书云。礼书缩训为直者非一。乃先儒之旧。不可易也。朱子重训诂之学如此。大学中庸之章句。亦汉儒之名家法也。薛艮斋且以此诋朱子矣。集注侃侃訚訚。亦引说文为证焉。又观陈澧东塾读书记。知朱子于天算地舆礼乐兵刑无不通。今撮其论名义训诂者录之。以杜治汉学诟朱子者之口。传甲最服膺朱子者福州州学经史阁一记也记云常君濬孙又为之饬厨馔葺斋舍以宁其居然后谨其出入之防严其课试之法朝夕其间训诱不倦于是学者竞勤此数语包括学校一切教授管理之法

十三　宋儒名义训诂之疏密

古人定名义通训诂。原取便通晓。不更求其深晦。兰代之名义训诂。汉儒以为古。而重烦笺释。汉儒之名义训诂。宋儒又以为古。而不得其解也。观宋人语录之词。如这个那里恁样却说模样到底一般甚好什么怎的正是撞着谁个尽力老实仔细还是之类皆近于俗语。盖今日距宋时代较近也。再阅二

三十载。读宋人语录者。亦将若楚辞汉赋之待注释矣。北宋初邢昺孙奭。专力名义训诂。邢氏之疏尔雅。孙氏之疏孟子。皆列在学官。郝兰皋起而夺邢氏之席。焦里堂起而议孙氏之书。宋人之于训诂。自不逮近人之密。亦风气为之也。陆九渊读宇宙解曰。四方上下曰宇。往古来今曰宙。忽大省曰宇宙内事。乃已分内事。已分内事。乃宇宙事。又曰。学苟知道。六经皆我注脚。此其天资绝伦。躬行实践。不可以名义训诂之疏。而议其短也。人有能有不能。故孔门因材而教。分四科焉。治汉学宋学者。交相诽讽。必使天下之学。同出一途而后快。亦昧于德行文学分科之旨矣。

十四　骈雅之润色词章

明人之文。尝建言复古矣。欲复古文。不得不搜剔古字。于是奇词奥句。皆捃摭而为类书。以便剿袭陈言。摹秦仿汉。钩章棘句。而芜杂烦冗之弊滋矣。朱谋玮之书。固淹贯群籍。由训诂以至虫鱼鸟兽。皆依尔雅目次。然尔雅部居不杂。已为类书权舆。骈雅则竞降为类书矣。学问之事。后人便于前人者。有类书可检也。故古人鸿篇巨制。必积年累月而始成。有类书则俭腹者亦可俯拾即是。唐宋类书。如北堂书钞艺文类聚太平御览册府元龟山堂考索玉海之属。皆引据原书。不易一字。后人可据此以校古书。辑佚文。明人乃取材于一字一句。用亦狭矣。尝见貌为汉魏文者。取骈雅置案头。署其检曰代字术。作文毕。则以古字代人之。一举笔而文字改观矣。噫古字当据古书。否则援哉生明之例。初一初二。易其词曰哉一哉二。岂可通乎。务雕饰而不显其词者。其流弊不至此不已也。

十五　天算家名义训诂之变迁

说文筭字下曰。明视以算之也。梅定九徵君以为象古人从横布算之形是也。传甲读孙子算经一纵十横百立千僵之例。及观数书九章测圆海镜之细草。皆梅氏所未见。而梅氏立言。独能暗合于古焉。说文算字下曰。言弄竹也。合二者观之。可以悟筹算之古法焉。故筭为算。失古人制字之深意。遂使孟子持筹之法。不传于后也。西人罗雅谷之筹非古也今人有古筹算考甚详积年积智。算术之名义日变。闰月王立于门中之制既变。章蔀统会之名。亦废而不用。古率粗疏者。后人由渐加密焉。三统之附会黄钟。大衍之附会蓍策。名义非不美。然验诸悬象而不合。诚不如郭守敬授时之实测矣。瞿昙悉达来有九执之名。回回历来有土盘之名。利玛窦来有小轮之名。戴德来有椭圆之名。蒋友仁来有地动日静之名。伟烈亚力来有天王海王之名。此天文名义之变迁也。九章分部。数学家牢不可破。数理精蕴改为线面体分部。学者便之矣。演元之法之大显。而太极天元正负如积之名义最雅。开方超步玲珑连枝之名义甚巧。及代数微积之学。译入中土。而等号公式习题函数级数之名出矣。专门之学。有专门之名。兹特举其大要而已。

十六　地舆家名义训诂变迁

冀州之名。存于南宫。兖州之名。存于滋阳。青州之名。存于益都。荆州之名。存于江陵。扬州之名。存于甘泉。徐州之名。存于铜山。名则禹贡之旧也。地则渺乎小矣。雍梁豫三州。并其名而亦变焉。秦地宜禾。厥田上上。今陕右荐饥。不为帝矣。地名沿革。今古悬殊。有专书考证。即今日地名。亦非名实相副。南京已撤。民间犹称之。久则难变也。河南兼有河北彰卫怀。则宜称两河。江南兼有淮南北之淮扬通徐海。则宜称江淮。若福建仅举福州建宁。安徽仅举安庆徽州。甘肃仅举甘州肃山。亦觉其偏而不全。江西为江南西道之省文。魏叔子且讥俗士以大江之西属文矣。名从主人。公羊之例。中国地名。有满蒙回藏等字。异于汉诂。不究其原。视同异域。边地日蹙。辅车相失。谁之过欤。泰西译语。地名歧异。在彼各国异其文。在我各省异其音。故环球地名。不能以国名义论之。俨狁匈奴。旧被恶称。按之公理。亦未平允。域外象译。叶其音不必拘其义也。辽金元地名。乾隆时又改易之。恶译人被以恶称也。

十七 制造家名义训诂之变迁

古昔制器尚象弓刃戈矛等字。篆文皆象形也。戕贼之器既利。则防卫之器亦坚。如甲字。草初萌芽而戴孚甲也。既有甲胄。不能不假借以为名矣。轮者古之酒器也。炮者古之飞石也。今制造日新。名义已定。确乎不可易矣。镜者古以铜为鉴。今易之以玻璃。非金类也。然镜字不改而为境字碗字者。字通行而用之已久也。古人创车轮。用之于陆。不意其用之于水也。今用之以为常矣。迩日涉俗之文。江轮海轮兵轮商轮之说。亦已通行。不言船舶而意在其中矣。图说翻译日多。皆以呷吃呐叮代西人之大字母矣。化学原质锌锡钙铂之类。皆加金旁。深得形声之意焉。非臆造也。字典之中。亦当增新字。至于不习制造。而贪用涨力压力阻力之新名词。是则有商标而无居积也。

十八 古人名义训诂不可拘执

训诂家每以说文以外为俗体。故拘而多碍。音韵必作音均。衣裳且作衣常。由此推之。诸葛亮当作诸葛谅。韩愈当作韩瘉耶。俗人误以古为雅。凡今之地名官名。无不改古称。后世读其书者。竟不知其为何时人也。孔子居鲁。不称古奄国。适卫不称古朝歌。此其所以为圣之时欤。尧舜之世。海内惟十二牧。汉之季。刺史之权在太守上。今日之知州。岂足以当之。太史公天官也。司文史星历之事。今用为词臣称号。而钦天监司测者不与史职焉。泥古者迂。托于古者愚。古者陈迹也。上古中古近古。名义训诂之变迁。如此其繁也。名义训诂适于文字之用而已。为学期于应当世之事业。复古之议。非今日所能行也。能文者但斥鄙俚杜撰之字。而不为怪僻难行之论。斯亦不骇俗不戾古矣。

第四篇　古以治化为文
今以词章为文关于世运之升降

一　皇古治化无征不信

易传仅溯自伏羲。春秋传仅溯至黄帝。三坟五典八索九丘。然毁于祖龙之一炬。后人无由复睹。彼此必纬之言。别史所记。惝恍支离。有同小说。君子无取焉。羲皇以上之人。非后世文士所堪。即经传所载皇古之事。谓其缔造艰难则可。谓其治化明备则不可。佃渔之风尚。今存于乌拉打牲之民族。此就中国言也美洲格林兰亦复如是畜牧之生计。今存于蒙古游徙之部落。诸侯执玉帛者万国。岂夸张其多数乎。抑酋长时代。如今之滇粤土司。台湾番社。回疆阿奇木乎。文字既作。万事维新。故造字以十口为古字。在彼时父老相传之事。早已言人人殊矣。惟士人则推十而合一焉。求其近于理而可信者。著以为经。以传于后世。是以草从古则苦。木从古则枯。水从古则涸。古制之在今日。几若朽材不可任栋梁。废渠不可为灌溉也。竹书路史。列在乙库。兹弗暇讲习焉。西人教会创世记亦大为哲学家格致家所驳诘矣地质学以外无考古之真实学术也

二　虞唐治化之文

尚书之古文伪也。详群经文体篇中今文则传述家法。信而有徵。孔子删书。断自帝典。后儒因以观陶姚之治迹焉。夫尧舜之道。孝弟而已矣。徵之帝典。则克明峻德。以亲九族。九族既睦。平章百姓。百姓昭明。协和万邦。黎民于变时雍。宋儒真西山大学衍义。以此著为君人者之法律。然尧舜之治化。岂一端而已乎。钦若授时。则以闰月定四时焉。在璇玑玉衡以齐七政焉。此测天之文也。嵎夷南交昧谷幽都。皆察其民情物候。以便控制。此志地之文也。命官惟百。四岳群牧。各有职守。禹平水土。后稷播百谷。契敷五教。皋陶明五刑。垂作共工。益烈山泽。伯夷典三礼。夔典乐。教胄子。龙作纳言。命九官而天下治。此知人之文也。宋儒务为持源握要之论。汉学家好为典章器数之学。皆各得其偏也。读经师其意。恶可举一而废百耶。

三　夏后氏治化之文

禹之治化。东渐于海。西被于流沙。朔南暨。声教讫于四海。汉唐之盛。其版图不过如是也。雍州球琳琅玕之产。实出于阗。汪氏士释之说如是故贡道浮于积石焉。今青海地合黎弱水。今为居延。南海黑水。今为澜沧。邹氏伯奇之说如是蒙古青海西域卫藏缅越诸地。皆禹迹所至也。李文贞按天度以计里。以蒲坂为枢。则禹贡荒服。东起辽东朝鲜。南至闽粤。西讫澜沧。北至克鲁伦河。为邹徵君禹贡五服地图所本。纪晓岚讥文贞为闽人。不欲自外于禹域。则好为苛论。而不晓度数也。呜呼槃槃大陆。禹甸如此其廓也。沿江海。达淮泗。禹不但以治河为事。且发明航海之学焉。三苗之伐。为汉族拓殖民地也。惟作伪者未能言其功烈之伟。徒以两阶舞羽为文德也。明季流贼满中原。插汉为边患。庸臣犹以文德徕远为言。呜呼是误读古文。不明治化之本者也。

四　殷商治化之文

汤之盘铭曰。苟日新。日日新。又日新。迟任有言曰。人惟求旧。器非求旧。惟新。夏邑不纲。治化不行。汤之吊伐。既异于尧舜让善。亦异于禹启传家。为王者受命之创例。殷商新政。必有可观。商人尚质。记载多略。孔子殷人也。感故国沦胥。述商颂焉。命历序引孔子之言曰。吾作春秋。故退修殷历。当孔子时。殷商治化之文。存于世者较多。商书者。孔子录之以存其实者也。更何忍删之乎。读盘庚三篇。知殷之英主皆求新。而习俗之守旧者。实为难治而梗化。于是乎文告始繁矣。受辛失德。作朝歌北鄙之音。靡靡之乐。为溺于词章之始。余风所扇。流为郑卫之淫声。宋人都此而宣和昏浊。金人都此而海陵荒暴。纣之不善。后世之恶皆归焉。呜呼古之人古之人而行如纣者。又何治化之足言乎。殷历详见顾观光六历通考然周髀出于商高则周历亦可谓之殷历矣盖三代制复多相因也

五　豳岐治化之文

周自不窋窜于戎狄。后稷之德遂衰。施及公刘。复由夷狄而进于中国。大雅曰。笃公刘。既溥且长。既景乃冈。相其阴阳。观其流泉。其军三单。度其隰原。彻田为粮。度其夕阳。豳居允荒。于戏公刘。能知天时地利焉。其治化洵可法于后世也。历传庆节皇仆差弗毁隃公非高隃亚圉公叔祖类。至于古公亶父。乃去邠逾梁山。邑于岐山之下焉。避狄患也。鲁颁曰。后稷之孙。实惟太王。居岐之阳。实始翦商。则其治化之成绩可观也。成周思先王盛德。豳风之后。雅颂作焉。先王之治化。后世述之以为文。雍容揄扬。著于盛世。郁郁乎周人之尚文也。北魏亦托始黄帝之裔淳继传世于朔漠至毛立始有治化遂统国三十六辽史太祖赞亦云先出自炎帝世为审吉国其可知者盖自奇首始立制度置官属凡此可见退化之国亦可进化也。

六　文武治化之文

孔子曰。文武之政。布在方策。其人存则其政举。其人亡则其政息。夫政者治化也。布在方策者文也。周易述象数之理。周礼综官司之职。周书记命诰之文。周颂奏诗歌之韵。皆当日布在方策者也。遗文尚在。治化已衰。不能力行之咎也。文武之法。因于殷而随时损益者也。成康以后。时势有变迁。治法亦当变通以求合。徒泥守前规。未有不差毫厘而谬千里也。东周之衰。其政已不行于诸侯。孔子为邦。于虞韶夏时殷辂。皆取而折衷之。亦不能墨守周制也。周末拥七城。苟延旦夕于七雄之际。此之丹渊降为诸侯。杞宋之号为旧国。曾何异乎。世儒泥周制变法者。若新莽。若宇文周。若宋神宗。其治化安在哉。

七　阙里治化之文

六经皆孔之所述也。其论治要旨则备于论语。道千乘之国。道之以政诸章。其大端也。汉唐以后。至圣已垂为定论。万世师表。古今无异辞焉。迩来议论颇谬于圣人。而民可使由之。不可使知之一语。且为外教所排击。呜呼此未明古训之故也。何晏集解曰。由用也。可使用而不可使知者。百姓日用而不能知也。斯语也。孔子殆伤民智之难开。并非若秦政之愚黔首矣。朱子集注于是有千虑之一失焉。且与大学明德。新民之旨相背驰矣。今人有以民可为一读不可为一读者其义亦新

八　邹孟治化之文

孟子之功。不在辟杨墨也。亦不在言性善也。其切实者。惟严于义利之辨而已。王曰何以利吾国。大夫曰何以利吾家。士庶人曰何以利吾身。上下交征利。而国危矣。此岂仅言战国人心之坏乎。亦灼知后世亡

国丧家失身者。恒由此危道也。孟子非不知利国利民者也。特恶其自私自利而害国病民也。孟子论吊伐则曰救民。论王法则曰保民。至于民贵君轻。大义炳如日月矣。于忠肃辈仅知社稷为重耳。下此则知有君不知有国。更不知有民矣。国者民相聚而成也。后人以为一姓之私。遂使亿兆民之苦乐。视乎一姓之兴亡焉。彼所谓士者官者。竞弗屑与齐民齿。民气久郁。则揭竿起阡陌。为陈涉为张角为黄巢为闯献。而民又重困于锋镝。呜呼孟子之道不行。民生终不遂矣。

九　荀子治化之文

荀子首列勤学篇。其言曰。学不可以已。青出之蓝而青于蓝。冰水为之而寒于水。盖进学之深。恒欲求胜于前人。故其论治则以后王为法焉。后世人臣之谀其君。往往有德轶尧舜功迈禹汤之语。亦何尝不可鼓励中主。孟子言尧舜与人同耳。其视古人未尝过高。俗儒尊尧舜若天之不可阶而升。故世逾降而治化亦愈降。其去尧舜愈远矣。荀子法后王。不过如孔子之从周。汉儒尊荀学。经师授受之所祖。故西京多仍秦制。孟子言尧舜。陈义过高。虽禹汤文武亦不能用。荀子则随时补救而已。求胜于前人而已。今之劝学者。奈何以古之治化为不可及耶。西文各科学每以突过前人为功中国算学亦宋人有胜于汉人之处今日算学更胜于宋元诸巨子矣孔子曰当仁不让于师敢望之学者

十　秦始皇治化之文

秦始皇并天下。天下思乱。待时而动。然泰山刻石。犹自称不懈于治化及无穷。则始皇之心。岂不欲使民不弗率者。同享太平之福乎。琅玡刻石。有器械一量同书文字之文焉。之罘刻石。有亨灭强暴振救黔首之文焉。东观刻石。有黔首改化远迩同度之文焉。碣石刻石。有男乐其畴女修其业之文焉。会稽刻石。有防隔内外禁止淫佚之文焉。呜呼六国

无道久矣。秦之德犹愈于六国也。李斯学于荀卿者也。刻石之文。纯粹雍容。有儒者气象。秦世绵长．将继商颂周颂而为秦颂焉。秦始皇开创之威。实过于汤武。惜二世不能为太甲成王耳。俗儒以为三代皆治世。而忘其有羿奡桀纣幽厉之虐也。以秦始皇之英雄。而视之若亡国昏庸无道之主。不亦诬乎。真西山文章正宗。不录李斯谏逐客书。虽为已甚。然其实已近于词章矣。

十一　汉以后治化词章之分

汉初萧曹知治化者也。随陆知词章者也。自作史者以名臣循吏列传于前。儒林文苑列传于后。于是治化词章遂判而为二。汉武帝锐意求治其文化所及。东起元菟乐浪。西讫乌孙疏勒。北拓阴山。南及滇笮昆明夜郎。罔不同我冠裳之俗。武帝之治化。亦前古所未有也。是时司马相如枚皋东方朔之流。皆以词章润色鸿业焉。伪新居摄。若扬雄若刘歆。皆词章之学也。后汉列文苑有二十有二人。皆词章之学也。其去云台勋贵。以治化为德业者何远乎。汉去古未远。所为词章。亦浑厚朴茂。不伤雕饰。虽词章亦古然。而以词章为文者。固不自今日始矣。

十二　六朝词章之滥

魏晋以篡弑为尧舜之道。人心死矣。士气靡矣。陈思王植以浮薄之才弋时誉。使其涉帝位。则为陈后主耳。宋徽宗耳。其词章亦不若魏武之深沉。魏文之典重。其求自试求通亲亲两表。稍有豪爽之气。晋宋以后。此等文亦不多见矣。典午统一南北。羊杜皆明治化之本。其后山涛王戎和峤之流。已自居清品。及阮籍嵇康刘伶毕卓出而举国若狂焉。郭钦江统但言戎狄之当徙。不知中国士民。不流为文弱。何戎狄之足畏乎。国之弱也。自弱也。国之亡也。自亡也。不自强而归罪于外侮何耶。东晋偏安。清谈自误。王谢庾殷罔知国耻焉。宋高祖起炎汉余裔。其厌薄俗儒。同符汉高。然不学无术。不足挽颓风以励末世。颜延之谢灵运乃以其文煽一世。齐之王融谢朓周彦伦。梁之江淹任昉刘孝绰。皆咀嚼声偶。以为文也。及陈之庾信徐陵江总。则娩青妃白。俪体益工。其在文品中。如儒者之小慧。佛法之下乘。人类之俳优也。虽然。六朝至今日亦已古矣。今之尚词章。尚不若六朝之甚。然国民文弱。亦甚自奋于竞存之世乎。

十三　唐人以词章为治化

学人尊两汉。文人诗人则尊盛唐。文之偶俪。初唐四杰。莫之能违。韩退之柳子厚起而文法一变。上绍孟荀以及司马相如扬雄之作。其专力文辞。盖骎骎乎抗迹古昔矣。诗之柔靡。亦六代之风气使然。李太白杜少陵起而诗律一变。青莲尽其奇。工部大其体。万方多难。不有以鼓吹之。则民心将不知有国矣。韩柳李杜。岂仅自悲其身世哉。所遇者奇。而诗文所流露者益奇。然潮州柳州之粤俗。化为今日两广之名区。夜郎巴僰之绝边。亦化为今日川黔之郡县。功德在民。祀典有礼。谓诗文皆治化之文可也。呜呼。陆宣公之文。骈文也。其奏议委曲详尽。古文家或不能及焉。杜牧罪言。为屈贾以后之巨擘。选八家十家者若之何置而不录也。文体不同。各肖其人。安见词章之士。不可以言治化乎。

十四　五代之治化所在

宋人修五代史。未列儒林文苑诸传。流俗遂疑为五季之衰。不但无治化之文。且并词章之士亦少。此何足以知五代乎。五代时周王朴之平边策。南唐欧阳广论边镐必败书。皆质实无华。有裨治化。词人才士。如罗隐梁震韩偓之流。苟全性命于乱世。亦皭然不滓也。蜀生孟氏。偏安之主也。刻石戒百官曰。尔俸尔禄。民膏民脂。下民易虐。上天难欺。今刻石偏海内。不能易其一字焉。此非治化之文欤。五代士人。最无耻者莫如冯道。虽然。冯道于治化。有伟大之功焉。唐长兴三年始刻九经板。冯道请之也。近人读古书。视宋本如拱璧。五代本则罕闻焉。冯道请国子监镂板。大启学界之文明焉。后世聚珍缩影。日渐发明。图籍风行。学者便之。治化益臻明备。君子不以冯道为人而废其法也。西人以印字器与机轮火药为文明利器三大事其重如此

十五　辽金治化之文不同

辽太祖本纪。神册五年。始制契丹大字。天赞三年。诏砻辟遏可汗故碑。以契丹汉字纪其功。金史章宗本纪。载明昌五年。以叶鲁谷神始制国字。诏依仓颉立庙例。祀于上京。又选举志称进士科以策论试国人。用国字为程文。陶宗仪书史会要。则称金太祖命完颜希尹撰国字。其后熙宗亦制字。以希尹字为大字。熙宗字为小字。呜呼。辽金治化之文。未可轻加诋斥也。中国文教不修。辽金取其地而代治之。不亦宜乎。幸辽金之文不便通行于内地。且辽金有文字无学术。无书可读。而文字用之不广也。否则仓颉之文。将见夺矣。

十六　宋元治化之广狭词章之工拙

宋人继五代之纂统。合十国之版图。其治化东南尽海。东北不逾白沟。西北不逾环庆。西南不逾大渡河。元人治化所及。北抵钦察阿罗思。西拓回回祖国。渡海收富浪。南通爪哇海及马八儿诸国。规模远大。为旷古所未有。宋儒言治化莫若程朱。元之许衡吴澄。亦慨然以圣贤自许。明人痛元人列儒为第七等。谓元时儒教几亡。不知元之盛时。耶律楚材以契丹人业儒。赛典赤瞻思丁以回回人业儒。宇文公谅以塞北人业儒。瞻思以大食人业儒。儒教不惟不亡。而且推行益远焉。元史列女传中。若也先忽都。若观音奴妻卜颜的斤。咸知大义。盖儒道治化所及者深矣。宋代古文。欧苏曾王诸子。为元代所无。元人词曲。虽小技。然其工巧

亦空前绝后矣。词曲用韵。平仄通押。亦复古韵之一端也。欧洲知中国为东方文明大国亦自意大秒波罗入仕元室始波罗西归著有日记今英法皆传诵之

十七 明人之治化词章误于帖括

明人治化。不逮汉唐。比之于宋。则有进也。北宋弃燕云于化外。南宋弃两河于化外。明太祖以匹夫攘蒙古。明成祖以天子守绝边。其治道载在正史。有足观者。至于大漠以北。流沙以西。明人所以终不得志者。盖帖木儿崛起。为蒙古中兴主。统回部印度而括之。明人暗于外交而不晓敌情也。明初刘基宋濂。皆灼知闾阎疾苦。留心治道。非专意词章也。帖括程式既颁。驱天下读书士子。成就其范围。两汉六朝三唐之俪语。既不能用之于制艺惟取镕经义。自铸伟词而已。无如制艺之弊。泥古而不通。今故知我鲁我周而不知我为何代人也。井田封建。治化最古。而大明一统志。大明会典。大明六部则例。皆不曾寓目焉。一旦服官。用何术以为治化乎。词章家七子之流。亦染帖括泥古之习气。官名地名。咸用古称。晦盲否塞。几欲句句加注。呜呼帖括兴而词章亦拙。其小焉者也。帖括之士。不明治化为当时之务。乃尊之为古。岂忍睹荆天棘地之中。芜秽不治。自甘为退化之野蛮乎。法人在越南俄人在辽东皆以帖括牢笼俗士庚子联军入京以制艺试帖开课有应之者悲夫

十八 论治化词章并行不悖

国朝致治修明。以何时为极盛乎。无智愚皆曰康乾。国朝博学鸿词以何时为极盛乎。无智愚皆曰康乾。读当日朱批谕旨。知善治化必善用人善将将。读当日御制诗文集。知词章亦未尝无用也。明季之君。多不识字。谕旨皆出于阉竖之手。天子并词章而不知。况治化乎。窃谓治化出于礼。词章出于诗。孔子之教子也。以学诗学礼并重焉。诗歌之作。传为文学。礼官之守。发为政事。学而后入政。固古今之通义。中外之

公理也。中国杂职武弁。多不识字者。外人恒见而非笑之。良由词章之士。务艰深而不务平实也。日本明治维新。说者谓其黜汉学而醉欧化。今读其战争文学。见彼陆海师团。走卒下士。所为诗歌。或奇崛如李。或雄健如杜。中国词章之士。苟读之而愧奋。中国庶几中兴乎。传甲此编。近法笹川古田中根之例。然其源亦出欧美。日本帝国丛书。尚有英独佛各国文学史。皆彼中词章之学也。传甲欲译而未能。愿俟之来哲。俾言治化者知词章之不可废也。姚姬传言考据义理词章缺一不可传甲言学术则谓天算地舆人事物理缺一不可考据义理词章则四者之佐助也曾文正公所谓经济亦非明于此四者不可也

第五篇　修辞立诚辞达而已二语为文章之本

一　孔门教小子应对之法

此篇多本家慈刘安人之家庭教育法故首章托始幼稚园教名词法谨质之留心教育者

孔门以言语文学分科。然教育之法。未有不先之以言语者。孩提之童。不识不知。为之保传者。引其手而指天曰。圆者日也。通作太阳缺者月也。通作月亮灿烂者星也。卷舒者云也。闻其声则曰此雷也。见其光则曰此电也。忽有沛然而下者曰此雨也。他日又见飘然而下者曰此雪也。凡此皆天文之名词也。近以风云雷雨为地文另有说孩提不乐郁居而乐于外观。为之保传者。或拾级而升高。则曰此山也。或临流而照景。则曰此水也。及阶则曰阶也。将入井则曰井不可入也。训蒙之道。固与相师无异也。凡此皆地理之名词也。至于鸟兽草木之名。小子尤宜多识。今日识一马。他日见马。则问其名词。使小子应对焉。今日识一鹿。他日见鹿。则问其名词。使小子应对焉。苟保传不称职。见鹿而指为马。则小子他日见鹿。皆以为马也。曲礼曰。幼子常视母诳。郑注视今示字即修辞立其诚之根本也。今日孩提之童。一误于保母以谬妄之名词。为先入之主。再误于塾师但课读书。不教识字。循诵其文。不晓其义。学识之翳障。遂层层叠叠而不可破。苟识一物。即识一字。则名词无不知矣。正本清源。宜端母教。欲端母教。宜兴女学。否则学界终无进步也。近日沪上新编国文教科书名词皆有图

二　六年教以数与方名之法

此章为蒙学教授法以数词及方向名词为主

数名者。天算之始基也。方名者。地舆之始基也。孩提至六岁以上。名词已识。渐有计较之心。金匮华先生曰计较之心算之端也洵探源之论宜教之以数与方名。夫数以十进者。屈指可计也。中西人皆十指故皆以十进位焉方名之以上下四旁。则伸指可辨也。天算地舆专门之学。有初级之浅理焉。迩日沪上出版心算教科书。心算启蒙。用数极简立法极详。措语极显。于加减乘除之用。解释颇为合法。便于初学。而地球韵言中国地名韵语新读本之类。以四字句为文。亦便于记诵。启蒙者或制小地球仪。略具五洲各国大势。用以为小子玩物。新译作思物庶几童而习之。励其弧矢四方之壮气。不致闭处三家村。不知百里以外之地名也。中国蒙塾旧法。督以读四书五经。以背诵纯熟为主。盖彼时之塾师。非真有效法三代之识也。场屋取士。搜检尚严。不能夹带。则题目所出。不能不熟读以便记诵也。苟有志复古。当六年而教以数与方名。则一生受用不尽矣。易曰蒙养以正。彼弃实学而弗习。一志于科举题目。乌可谓之正乎。孔孟复起。亦取以内则之法而力行之矣。此章原于内则今西入蒙师多以妇人充之中国乃以为老儒娱老之事故不能体察孩提性情诸多窒碍

三　闻一知二之捷法

数词生于计较之心。对待之义。亦由此而生焉。即物穷理。征之于尺度。则有长有短。征之于权衡。则有轻有重。征之于量法。则有大有

小。万物同理。莫不互相对待。其于人也。则有圣狂贤佞之分。善意邪正之辨。一误其趋。终身贻悔。可不慎欤。凡对待字。如君臣父子夫妇之类。属之名词。彼此尔我吾汝之类。属之代名词。曲直厚薄明暗新旧之类。属之形容词。好恶爱憎往来离合之类。属之动词。始终早晚等字。属之副词。盖对待之字。必非虚字。旧以此为半虚半实字未协初学多识对待字。则能反复以究其义。他日能属文则知反正。此教作文旧法然新法亦不能废此能习算则知正负。天元代数最要关键在此寻常算法但以正数入算对待字之用。亦庶矣哉。训蒙者试取对待二字。书于方寸厚纸之两面。约计字之可为对待者。不过一千。可书五百幅。熟识对待字一千。心思自然开拓。可以闻一知二矣。传甲儿时所识对待方字久已散乱零失嗣后偕仲季搜集之

四　举一反三之捷法

孔子举一隅而反三隅。诚循循然善诱人矣。学者苟能以三隅反。必能举一而例百也。必如是而后修辞可以达意。故教初学以一字记事物之名。谓其为一字成文可也。至于作两字文。则不能不依于文法。依于文法。不能不举古文为例。譬如教初学以名词数词合用。人名词也。一二三四十百千万皆数词也。初学苟知以人字置于下。数词冠于上。若一人二人千人万人之类。随举两字无不通矣。又以形容词名词教初学合用。如举大人为例。初学苟知以小人细人高人为对。即合格也。又以名词动词教初学合用。如举人行为例。初学苟以人来人往人归为对。即合格也。中国文字无专书。且文境过高。文理过深。且训蒙不由一字两字为始。而一言对二言对三言对又拘于声偶。至五言七言。仅可入于诗而不可入于文矣。然旧时童蒙审酌虚实。犹赖有对偶之法也。今特编定文典。为之程式。力求浅显。庶几嘉惠初学焉。西人亦有作对联法见辨学启蒙四章第二十节

五　反言以达意之法

仁智礼义美称也。不仁不智无礼无义则恶称矣。大凡不字无字非字罔字匪字靡字。皆有此种相反之性情。未字莫字勿字亦含有此意。日本文典所谓否定词是也。日本人撰汉文典谓之打消动词名称不雅驯孔子称回也不愚。则其智可知矣。又称季孙之妇不淫。则其贤可知矣。又如可字宜字足字当字。皆助动词之决定语也。不可不足不当之类。则大相反也。不字之类。如代数之负数。凡负数所乘。式号皆变也。然文理算理。更有奇妙之处。如无字反言也。不字反言也。无不二字合用。则正言也。岂字反言也。非字反言也。岂非二字合用。则正言也。此理非已习天元代数。确知两负相乘。得数为正者。不得其真解也。传甲十五时悟此理大为龙溪蔡毅若先生所称赏愿遍商之能算能文之士

六　虚字联络实字达意法

马氏文通曰。凡文中实字。孰先孰后。原有一定之理。以识其互相维系之情。而维系之情。有非先后之序所能毕达者。因假虚字以明之。所谓介字也。介字也者。凡实字有维系相关之情。介于其间以联之也。汉文教授法。谓之后词。本日本汉文典之后置词。言置于名词代名词之后也。中国童蒙涉塾。必诵王伯厚先生三字经。首句人之初三字。人字名词也。之字后置词也。初字副词也。初学用虚字。当自之字始。以人之初为例。初学能以物之始为对者。即合格也。又用之于名词动词之间。列鸢飞鱼跃鸡鸣犬吠于黑板。别书鸢之飞于他处。初学能以鱼之跃鸡之鸣犬之吠为对者。即合格也。又用之于名词形容词之间。列山高水清桃红柳绿于黑板。别书山之高于他处。初学能以水之清桃之红柳之绿为对。即合格也。与字既字及字为接续词。亦位于名词之下。可类推也。日本人续汉文典分别主题语说明语如人之初人为主题语之初则说明语也说明即达意也

七 虚字承转实字达意法

马氏文通所谓承接连字。日本汉文典所谓接续副词也。徵之经籍。惟用而字则字之处多。经生家谓而则两字之别。惟在文气之缓急。气缓用而字。气急用则字。殊不尽然。初学习此等句法。宜取法于论语云。关雎乐而不淫。哀而不伤。又云君子和而不同。小人同而不和。则而可以承转于对待二字之间。成一反一正。而词意显然。此语示初学。初学能以君子矜而不争。群而不党为对。即合格也。或臆造之句。如君子仁而不懦。智而不愚亦可也。至于则字。则如论语云。入则孝。出则弟为例。初学能以三字经之兄则友弟则恭为对。亦可也。而字则字合用。如论语云学而不思则罔。思而不学则殆。举以为例。初学苟能以仕而优则学。学而优则仕为对。即合格也。大抵对待之句。整齐有法。初学易于步趋。汉魏之文。多能法古。六朝流为骈偶。已失古意。八家喜用长短句。力矫骈偶之弊。亦失古意矣。文必整齐而后有法。散乱则无法也。以论语为法。初学便焉。彼以古文自高者。亦不敢非薄孔子也。几何原本言有法之形不言无法之形无法者亦借有法者通之

八 虚字分别句读以达意法

句法。积字而成法也。然句法中有二读三读四读以成句者。初学练习。不便以长句耗其力。先就短句。分别句读。庶知其用意所在也。句中有用而字则字者。其上文必句中之读也。如入则孝。出则弟。虽三字句。然入字自为一读。至则孝二字始成一句也。分别句读既明。然后可以造句。又句中有也字者字。则也字者字。必为一读。如论语云柴也愚。参也鲁。师也僻。由也谚。知者动。仁者静。知者乐。仁者寿。读者也字必小作停顿。文气自然之理也。造句之法。柴也参也知者仁者。皆题之主语。愚鲁动静。则达意之语也。寻常古文读本。以点为读。以圈为

句。苟刻四书读本。即依此圈点。初学无不通晓句读矣。或曰。苏批孟子。已为大雅所讥。袒苏氏者。且谓眉山必不为此。后人所托讬也。今教授初学文法。竟欲取论语批点之。不亦僭乎。林传甲曰。论语章法。多一句二句成章者。周秦诸子。不如此之简。一便也。文理平易近人。无奇字难解。二便也。今塾师已能讲解。童子已能熟诵。三便也。变论语为初学文法书。亦随时通变之一端也。愿学孔子。而持苛论者。乃以为罪耶。西人以句中之读为界语见辨学启蒙

九　虚字以为发语词达意法

尔雅郭璞序篇首用夫字。邢氏疏曰。夫发语词也。日本文典谓之冠词。名义亦叶。马氏文通统于连字之类。然盖闻且夫之类。前无所承者。不得谓之连也。又有溯源而起者。如昔字古字。其用法均与夫字略同。论语中用夫字。如季氏将伐颛臾章云。夫颛臾者。昔者先王以为东蒙主。初学稍知地理者。乃能依此造句。如云。夫吴国者昔者泰伯尝为荆蛮主。或云夫朝鲜者。昔者箕子尝为东海主。此类虽寻常典。实亦恐初学难忆。惟临时以口授意。令初学以笔述之可也。至于今夫尝思之冠词。滥于制萩。在昔伏以之冠词。滥于骈文。初学当谨避之。作文以名词直起为超。论语多名词直起者。教初学者熟察焉。

十　虚字为语助词达意法

初学习结尾法。必用语助词。马氏文通谓之助字。日本汉文典谓之终词。皆有未妥。初学先习也字。如论语云。乡原德之贼也。依此造句。如权臣民之贼也。循吏民之母也。皆可合格。次习之字。如论语云。学而时习之。依此造句。则老者安之。民可使由之。皆可例推。次习矣字。如论语云。慎终追远民德归厚矣。则困而不学。民斯为下矣。皆可例推。次习矣也。叠用。如论语云。尽美矣。未尽善也。则苟志于仁矣。无恶

也。皆可例推。次习焉字。如论语云。有民人焉。有社稷焉。则宗族称孝焉。乡党称弟焉。皆可例推。至于者也二字合用。也者二字合用。也已二字合用。皆宜随字举例。为初学导。大抵语助之词。宜先用以正意为主。正意明则文法通顺矣。疑句虚字属下节

十一　虚字语助词用为疑问法

凡语助词。用以明正意者。则句首不必冠以虚字。如学而时习之是也。惟反言以达意者。则句首用反语。句尾用疑问语助辞。如不亦说乎是也。不字反语也。乎字疑辞也。反之使正。则可信而不疑也。故讲疑问语助词。须用句首虚字互证。或句中疑辞互证。日本汉文典以何盍胡岂奚焉等字为疑问副辞。未及与终词互证。助用为教法。亦未尽善也。至于必也射乎。必也狂狷乎。其乎又用为决词。则必也二字助之也。故论文法。惟欤字专为疑问之语调也。乎哉二字叠用。如仁远乎哉。赐也贤乎哉。吾有知乎哉。皆设疑以起下文者也。故疑问。语助之用。不外疑问及设疑两端而已。

十二　虚字用于形容词法

虚字用于形容词之尾者。马氏交通归之状字一类。日本汉文典则归之于副词一类。尔字成语。论语则有率尔铿尔莞尔卓尔。然字成语。论语则有喟然俨然怃然。如字成语论语则有翕如勃如襜如申申如夭夭如訚訚如侃侃如。乎字成语。论语则有巍巍乎荡荡乎郁郁乎硁硁乎洋洋乎。其不用虚字而用叠字者。如荡荡戚戚彬彬穆穆之类。论语亦多。大抵形容词冠于句首者。必用虚字。形容词附于句尾者。不用虚字。亦有不尽然者。则临文斟酌用之。尔雅释训。叠字最多。广雅续之。搜罗亦富。固古人小学所从事也。

十三　虚字用为赞叹词法

诗书之篇首。每有赞叹之词。以鸣其哀乐之声。有意而无义。于戏二字。用之则为赞美词。呜呼二字。用之则为叹息辞。颜渊死。子曰噫。噫为哀辞也。诗之噫嘻成王。则颂辞也。唐虞之盛。有都俞亦有吁咈。后人颂扬之辞多。吁咈之声少矣。呜呼哀哉。沉痛之极也。而寻常祭文。用之如陈套。作时务论说者。文不足动人。每以呜呼二字。冠于篇首。是无病而呻也。论语中贤哉回也。大哉尧之为君。富哉言乎。且以哉字为赞美词。至甚矣吾衰也久矣。已矣乎吾未见好德如好色者也。其甚矣及已矣乎。皆与呜呼同意。初学姑以论语句法为法。毛诗韵辞。尚书古奥。初学未易步趋也。

十四　修辞分别雅俗异同法

文必以高古典赡为期。是教稚子举乌获之鼎也。若必求文言一致。使白话演说。如宋元以后之语录。则言之不文。行之不远。缙绅之士。或不屑焉。故今日文学。必斟酌古今。以辨雅俗。合于初学之程度。又可以推行于各省而后可也。譬如我自称也。朕字最古。限于例不敢用。吾字予字余字。经籍习见。而言语中用之者少。初学自称。不如用我字之明显也。侬字俺字咱字。为一地之方言。不便通行各省也。由此推之。用这字不如用此字也。斯字是字兹字。虽同意而文较深矣。用那字不如用谁字也。畴字孰字。虽同意而文字较深矣。凡异字同意者。如自从由同意。如若犹同意。不弗同意。莫勿毋同意。奚何焉恶同意。可宜当须同意。结尾之字。尔耳已而已同意。乎耶同意。夫哉同意。其同字异用者。如之字三种用法。与字五种用法。为字二种用法。以字四种用法。有字五种用法。者字二种用法。俟文典详其用焉。

十五　修辞必求明密法

文忌晦则求其明。忌疏则求其密。今有人曰。我亚洲人也。文词已明而意未密者何也。盖未言何国也。乃从而更其辞曰。我亚洲中国人也。然犹未密者。未言何省也。又从而更其辞曰。我亚洲中国福建省人也。然犹未密者。未言府县也。其必曰。我亚洲中国福建省福州府侯官县人也。而后句法明密焉。更求其密。则当举某乡某市某村而后详焉。又有人曰。今年甲辰。文意颇疏。盖前六十年。后六十年。皆有甲辰。其必曰。光绪甲辰而后可。更求其密。则必系以某月某日某时而后详焉。盖名词有公名。如天之星宿。地之山川。皆浑言之而无所指。有专名。如天之日月。地之泰华。皆独一无二之名也。公名又为总名。其于文意颇疏。专名则确乎不可易。其用意较密焉。文法亦有当疏处。初学则宜求其密。勿使之疏而贻误也。

十六　修辞当知颠倒成文法

论语中颠倒成文而意相反者。如有德者必有言有言者不必有德二语。最为初学所宜学。西人之辨学曰。合肥相国姓李。而李姓者不尽如合肥相国也。东文之论理学曰。凡英雄皆善饮酒。然善饮酒者未必为英雄也。初学欲作论。必自兹始。与其习西人辨学。东人论理学。何若取论语二十篇。实力研究之。以折衷万国之公理乎。又有颠倒成文而意不变者。如我不欲人之加诸我也。吾亦欲无加诸人。推之大学之致知在格物。物格而后知至。皆颠倒而意不变也。初学此意。宜仿之云。文学者开通民智者也。又颠倒其辞云。开通民智者文学也。如此解法。初学当有无数触发矣。此类论辨东西人皆作圈留心辨学者自能会通

十七　修辞引用古人成语法

论语中引诗云书云。皆据原文。不易只字。或与经文不同者。则后世传写偶歧耳。初学不能论深理。则宜引古书为断。庶几孔子述而不作之意。何必词之必出于巳乎。句法用古人成语亦可。惟不可句句搜采。沿集句之陋习。徒劳无功。即工巧亦近于游戏。非文体也。至引用经文以资印证。不过数句。若剿袭陈文饾饤成篇。一无心得。则虽多亦奚以为。初学先作句法。一句二句。或出自心裁。或采于成语。均无不可。作文先立意。即用成语。亦当以意贯之。庶乎意无不诚。亦无不达也。诚其意则勿欺。达其意则勿窒。修辞之能事毕矣。

十八　修辞勿用古字古句法

古之文字训诂。今日变迁已多。论语为孔门语录。其旨视六经为浅显。然不亦说乎之说字。在今日作文。必当从悦字。道之以政之道字。在今日作文。必当从导字。以其子妻之之子字。在今日作文。必当从女字。仁智之智。古或作知。孝悌之悌。今通于弟。今日之文。必不能拘牵古义也。论语中句法多纯熟。唯巧言令色鲜矣仁句法最奇。后世文人。学此句法者甚少。初学则不可习也。又文莫吾犹人也一句。学之者亦少。论语为人人共读之书。古字古句。犹不适用。况其他乎。修辞期于有用。学古而不出于至诚。又不能达意。又何贵乎古字古句耶。续汉文典以鸢飞戾天鱼跃于渊为达意之词鸢戾飞天鱼于跃渊为不达意之词又以鱼飞戾天鸢跃于渊为不合理之词举此戒初学亦有趣味

第六篇　古经言有物言有序言有章为作文之法

一　高宗纯皇帝之圣训

前篇首章始于家庭教育法亲亲也此篇首章恭录圣训尊君也

御选唐宋文醇序云。不朽有三。立言其一。言之无文。行而不远。若是乎言之文者。乃能立于后世也。文之体不一矣。语文者说亦多矣。群言淆乱衷诸圣。当必以周孔之语为归。周公曰。言有序。孔子曰。辞达而已矣。无序固不可以达。欲达其辞而失其序。则其为言。奚能云粼波折而与天地之文相似也。然其义则戋戋而言有枝叶。妃青娩白。雕琢曼辞。则所谓八代之衰已。其咎同归于无序而不达。抑又有进焉。文所以足言。而言固以足志。其志已荒。文将焉附。是以孔子又曰。言有物。夫序而达。达而有物。斯固天下之至文也已。昌黎韩愈生周汉之后。几五百年。远绍古人立言之轨。其文可谓有序而能达者。然必其言之又能有物。如布帛之可以暖人。菽粟之可以饱人。则李瀚所编七百篇中。犹且十未三四。况昌黎而下乎。传甲谨案周孔为儒教之元圣至圣万世师表不但浅唐宋之贤君皆尊周孔即辽金元入中国后无不尊周孔焉日本自王仁献论语后千余年传

习弗衰明治诏书亦尝征引周孔盖圣泽之及人深矣

二　言有物之大义

世俗治文学者。往往诵习总集别集。依其格律。审其声调。有求文者。贸然应之。累牍盈箱。积成卷帙。遂自命为文。且自尊为古。究其所言。空疏鲜实。是无物也。物者广大悉备。譬如言天。则曰躔月离星次宿度皆物也。摹拟风云。咏歌日露。体物虽工。犹为大雅所讥矣。譬如言地。则都市山川关隘农矿皆物也。流连风景。徘徊陈迹。感物虽深。犹非利病所在矣。大学首格物。惧后人之为空言也。推之说经者不证以注疏训诂。是无物也。读史者不证以图表传志。是无物也。究心诸子者。读周髀而不能算。读孙吴而不知兵。是无物也。传甲言文之成章者。可分三类。皆属之以事物。一曰治事之文。二曰纪事之文。三曰论事之文。治事者治万物也。纪事者纪万物也。论事者论万物也。其不切于事物者。则空谈也。词人赋物。博士卖驴。虽有佳章。不切实用。故弗取焉。

三　总论篇章之次序

凡作文之篇法章法。如作图画然。不有成竹在心。漫然著笔。填凑拉杂。则图中物色。各不相顾。苟先审其虚实疏密。然后洒然落墨。则彼此相应。虚实相生。浓淡掩映。情景偪肖。分之则各物皆完全无缺误。合之则通体贯串。委曲层折无不到矣。日本人续汉文典言章法。有虚实。有反正。有宾主。有抑扬。有擒纵。有起伏。有开合。有详略。有双扇。有缓急。有层叠。其余则宋元以后所立名目。有未尽大雅者。如空中楼阁空中一拳镜花水月单刀直入死中求活百尺竿头进一步之类颇类塾师常谈其言篇法。有冒头。有比喻。有虚实。有提承。有问答。有首尾照应。有立柱分应。有一意反复。有一气呵成。有画龙点睛之类。虽未尽合法。然较胜于无法者也。中国旧以起承转合。为篇章之定法。日本斋藤拙堂言汉文。以

起承铺叙过结为篇章之定法。然初学不可无法。能文者不必泥其法也。篇章之分古今不同古之章今之篇也今以短者为章长者为篇

四 初学章法宜分别纲领条目

初学纪事之文。宜取论语之周有八士。伯达伯适仲突仲忽叔夜叔夏季随季騧。先提一句为纲。然后分列各条目如下。苟依此成章。如殷有三仁。微子箕子比干。即为合格。初学论事之文。宜取论语君子有九思。视思明。听思聪。色思温。貌思恭。言思忠。事思敬。疑思问。忿思难。见得思义。亦先提一句为纲。然后分列各条目如下。苟依此成章。如君子有五伦事君忠。事亲孝。兄弟和。夫妇顺。朋友信。即为合格。然初学入手。尤宜切于今日新学者。如天有八星。地有五洲之类。皆先举其纲。令初学录其条目。既启其颖悟。又资以记忆。一举而两得焉。此类章法。在史部为表为谱。质实条贯。无所用其雕饰。袁子才乃以记事如写账簿。为古文之弊。不知账簿为治事必需之文体。而摹唐仿汉之古文。转不如账簿之有实用也。

五 初学章法宜先明全章之意

初学既知纲领条目。不患章法头绪不明。所患者务求整齐。至于拘执也欲去此弊。渐诱之作短章。令第一句总全章大意。如子曰。道千乘之国。敬事而信。节用而爱人。使民以时。道千乘之国一句。虽纲领亦不明言其数。以下三句。虽条目亦不平匀排列。初学观此。可悟长短句法。推而言之。则颜渊季路侍一章。首句已知同在其地三人。子路曾皙冉有公西华侍坐一章。首句已知同在坐之及门四人。皆著笔处。即揭出全章大旨也。四科十哲。人数较多。先以从我于陈蔡者一句提出。盖圣贤之文。大抵以其昭昭使人昭昭。不似后之古文家。务为含蓄。匿其端绪也。更有一种冒头体。每头首段。必以浮泛语随意填凑。于题无涉。

于全篇旨趣无涉。初学一蹈此习。必流为空疏浅陋。为之师范者。宜绳之以正焉。

六　初学章法宜立柱分应

孔子曰益者三友。损者三友。此分立损益二柱以起下文也。友直友谅友多闻益矣。则分应益者三友也。友便僻友善柔友便佞损矣。则分应损者三友也。初学依此求之。立柱分应之法明矣。亦有分应三次者。如子曰知者乐水。仁者乐山。知者动。仁者静。知者乐。仁者寿。此以仁知为柱也。更有分应三次而先明柱意者。如子曰。古者民有三疾。今也或是之亡也。古之狂也肆。今之狂也荡。古之矜也廉。今之矜也忿戾。古之愚也直。今之愚也诈而已矣。此以古今为柱也。凡此皆互相比较。而短长自见。且间架自然。一望而知。初学最便学习。作史学二人合论。最宜用此笔法。世俗因帖括体裁。多用排比。古文家遂引以为忌。此大误也。观西人每两年海关比较表附论。知此等文体。裨益政治最多。如之何可不学也。西人李佳白论英法异同奥意异同皆句句比较无处空疏论事者可法之

七　初学章法宜因自然次第

子曰。吾十有五而志于学。三十而立。四十而不惑。五十而知天命。六十而耳顺。七十而从心所欲不逾矩。此自然之次第也。后世之年谱。即用此体。传甲十岁。尝应母命仿此文曰。吾三岁能言。四岁能识字。五岁能诵毛诗。六岁失怙，能诵论孟。七岁能诵尚书。八岁能诵周易。九岁能诵曲礼。十岁能诵春秋。皆纪实也。初出应山。作日记云。吾初一日至广水。初二日至小河。初三日至杨店。初四日至双庙。初五日至滠口。初六日至汉口。亦纪实也。初学作文。只能如是。后阅李习之来南录。乃知古文大家。亦不过因自然次第以成文也。孔子告颜渊。行夏

之时。乘殷之辂。服周之冕。宰我对哀公。夏后氏以松。殷人以柏。周人以栗。亦因朝代次第。初学便于步趋。彼世俗谈古文者。奈何以抑扬顿挫为工。遂以平铺直叙为大戒耶。文者如象形之字。绘画之图而已。如鉴之照影。表之测景而已。当直者直。当曲者曲。各肖其物。不可执一而论也。

八　初学章法宜知层叠进退

子曰。齐一变。至于鲁。鲁一变。至于道。此句法皆三字句。实层叠而进也。推而言之。殷因于夏礼。周因于殷礼。皆同此章法也。子曰。苗而不秀者有以夫。秀而不实者有以夫。亦同此章法也。亦有层叠而退者。如孔子曰。生而知之者上也。学而知之者次也。困而学之。又其次也。困而不学。民斯为下矣。初学仿此为层进之章。如士而学。可希贤。贤而学。可希圣。即为合格。又仿其意为层退之章。如安而行之上也。利而行之次也。勉强而行之又其次也。勉强而不行。斯为下矣。即为合格。大抵初学读书未多。能依据人人共读之书。已不误矣。古人料敌。往往设三策曰。某某上策也。某某中策也。某某下策也。皆层进层退之间架。如拾级而升降焉。如剥笋壳。层叠而深入焉。虽曲折亦有自然之次第可循也。

九　初学章法宜知承接收束

子曰。弟子入则孝。出则弟。谨而信。泛爱众。而亲仁。行有余力。则以学文。此章自弟子二字以下。皆平列数条。惟行有余力一句之行字。承接上文弟子所行。而有余力三字。有提起下文之势。则以学文一句。为全章收束。位置于不轻不重之间。又子夏曰。贤贤易色。事父母能竭其力。事君能致其身。与朋友交言而有信。虽曰未学。吾必谓之学矣。亦平列数条。以一二语作承接收束。近日文人分纪事论理为两体。于此等处颇难分别。其平列数条似纪事体。其总结处又似论理文也。文章之佳者。往往夹叙夹论。中国正史旧例。以纪传列于前。论赞附于后。然太史公伯夷列传。已夹叙夹论。今历史新裁。皆叙事后加以断句制语焉。章实斋教初学作文法。未见传本。盖仿左传君子曰之例。作收束之短篇也。

十　初学章法宜知首尾照应

子曰。贤哉回也。一箪食。一瓢饮。在陋巷。人不堪其忧。回也不改其乐。贤哉回也。首句提笔。与末句结笔相同。皆以贤字为主。后世古文恒用此法。又君子无所争一章。以其争也君子为结笔。则意相反而首尾互应也。又吾与回言终日。不违如愚一章。以回也不愚为结笔。亦意相反而首尾互应也。盖文法如兵法。须军阵严明。如常山蛇势。然后无懈可击。初学仿贤哉回也章。可作大哉尧也。命四岳。宅四远。在土阶。人不堪其劳。尧则不敢自逸。大哉尧也。文苟如此。即可合格。初学随举史事。如君哉沛公。一戎衣。三尺剑。争中原。人皆劣而败。沛公独优而胜。君哉沛公。凡此之类。或初学不明史事。即用近事近人如曾文正李文忠亦可。或并此不能。即就其所亲见之乡里善人亦可。为学期其切于身心。不必泛言希古也。

十一　初学章法宜知引用譬喻

子曰。为政以德。譬如北辰。居其所而众星共之。善哉孔子之取譬于天象也。今仿其文曰为君治民。譬如日曜。居其中而以星环绕之。初学能如此。即合格也。又如子曰。人而无信。不知其可也。大车无輗。小车无軏。其何以行之哉。则孔子取譬于物理也。今仿其文曰国而无贤。不知其可也。汽车无釜。汽船无轮。其何以行之哉。盖引用譬语。亦增长学识之一端。周秦诸子之文。皆能罕譬曲喻。是以持之有故。言之成理。各名一家。初学岂易臻此。然不可不取法乎上也。此以物理明事理。质实而有用。非挦撦事类以为藻绘也。六朝人所谓缛旨星稠。藻思绮合者。则与天象物理无关也。盖恶其文胜质耳。

十二　初学章法宜知调和音节

论语卷首学而章。以三乎字调和音节。曾子曰吾日三省吾身章。亦以三乎字调和音节。楚辞屈原卜居。用乎字最多。音节亦哀感。今反论语首章之意。以勖初学曰。学不达时务。不亦愚乎。独学而无益友。不亦陋乎。没世而名不称。不亦小人乎。初学苟能如是。即可合格矣。其以也字调和音节者。子语鲁太师乐曰。乐其可知也。始作翕如也。从之纯如也。皦如也绎如也。以成。尔雅之释训诂。周易之释爻象。皆用也字。调和音节。文气自有纡徐之致。迩日文字。于域外地名人名。有名无义者。苟连接用之。则不知何处断句。若俱用也字隔断。则既便于句解。又能调和音节。试造一章法曰。欧洲诸大国。英吉利也。法兰西也。俄罗斯也。奥地利也。意大利也。此章尽删去也字。则佶屈不便上口矣。尝闻古文家。有一字秘诀曰删。不知文有当增者。有当删者。孔子于诗书。不删尧典舜典周南召南。盖不可删也。宋祁撰唐书。任意删削。未几而他人之纠谬作矣。可不戒欤。韵文如词赋箴铭之类专重音节今且从缓故不详及

十三　初学扩充篇幅第一捷法

初学篇幅。不能畅所欲言者。有二故焉。其一则读书太少而言无物也。其一则条理太繁而言无序也。塾师迫之以古文析义东莱博议为法程诵习未熟而步趋弗便也。传甲十岁时。已能作短章。家慈勖传甲作长篇。以续孟子好辨章命题。言三代后一治一乱之事。传甲是时已诵读史论略。史鉴节要。此书四字语又兼阅杨慎之廿二史弹词则用世俗七字句亦简要粗知治乱陈

迹。敷衍成篇。由战国至明季。约千余言。皆因其自然之材料。自然之次第。然文势浑成。一反一正。亦不落平庸。直欲规随邹峄焉。昔唐之林慎思续孟子。或以为替。传甲少孤。承家庭之教育。则与孟子略同也。初学之文。久以置之敝篓。然十年来教初学。每以此命题。恒有佳文。传甲之文。可不存也。此题存为初学篇法之第一习题。则诚有益于教育也。故述论语章法之后。以孟子继之。

十四　初学篇法宜一意贯注

孟子见梁惠王。第一章王意在利字。孟子所以以何必曰利为结。中幅所言皆利与不利。第二章王意在乐字。孟子折以岂能独乐为结。中幅所言皆乐与不乐也。细审各章。无不一意贯注。反复详明。初学作长篇。须立定大意。切实敷陈。处处不与本旨相违。庶不致先后矛盾。首尾两不相顾也。孟子之文。所以一意贯注者。实由笔意矫便。无著墨痕迹。作者不熟悉人情。则不足以言情。不熟悉国政。则不足以言政。不能用意。安望其能达意乎。有意犹患不能达。无意又焉得而达之乎。苟意既贯注。气亦联属。则词旨畅达。篇幅虽长。亦不冗不杂矣。孔子曰。吾道一以贯之。论文之旨。亦一贯而已矣。

十五　初学篇章宜分别文之品致

文之疵病亦附见于此

文之品可分六类。一曰庄重。如尚书典雅。春秋谨严。孟子由尧舜至于汤全章似之。二曰优美。如国风比兴。左国高华。孟子齐人有一妻一妾全章似之。三曰轻快。孟子生之谓性与岂不诚廉士哉两章似之。汉之东方朔司马相如近滑稽者皆祖此也。四曰遒劲。孟子齐人伐燕两章。邹与鲁閧一章似之。汉之司马迁扬雄唐之韩愈柳宗元其雄健处多祖此也。五曰明晰。孟子篇中略似论语者。子路人告之以有过则喜全章是也。六曰精致。孟子篇中尽委曲缜密之致者。如牵牛过堂下全章是也。大抵文之品致。有随时代而异者。有同时齐名而性情面目各异者。有一人论著而先后学问智识各异者。初学辨其大端。须知不庄重则佻。不优美则俗。不轻快则滞。不遒劲则弱。不明晰则晦。不精致则疏。凡此皆文之疵病。初学所宜切戒也。

十六 治事文之篇法

治事文自上而下者。曰诏令体。自下而上者。曰奏议体。上下兼用者。曰书说体。今诏令体为朱批为上论为批牍。奏议体为折片为题为疏。书说为咨移为札饬为禀呈为尺牍为状词。皆有用文也。不入内阁军机则朱批谕旨非臣下所当拟。古人虽有以草诏著名者。今人文集不敢列入此体。惧僭逆也。然批牍为服官者所当知。不习此体。则南面为民父母。适为幕友吏胥之傀儡耳。奏议更为切要。然言必有物。如筹边治剧水利农桑之学。非有实获。亦空言也。此体最难。曾文正鸣原堂论文。专论此体。左文襄未显时。亦尝为人作奏。盖典谟以后。名作如林。有大志者。当具此大手笔。发抒大议论。建立大事业也。书说一体。寻常日用。必不能少。然应酬四六。味如嚼蜡。惟公移照会之类。关系政治者。不可不急讲也。非法律兼通。实未易操笔。中国商工应用尺牍。尚无适用之本。故不能交通智识。然汇兑信件。虽如刻板。亦较书启之四六。有实用矣。贺耦庚经世文编治事较多今人用于场屋夹带亦惑之甚者也

十七 纪事文之篇法

纪事之体。古为典谟。后为纪传表志。凡正史别史杂史方舆致治之属。皆纪事也。唐宋以下之小说。元明以下之邸抄。以及近日报章之属。皆纪事也。著述家之序跋。古文家之碑志。以及后世赠序寿序。大抵皆纪事文也。古人纪功德。必铸金琢石。始足以不朽。三代时束竹为册。

笔削以刀。犹繁重不便纪载。一变而为卷帛。再变而为纸张。于是乎纪载日益繁矣。才士侈浩博。竭毕生之力。无不以数百卷著述为功。虽繁琐未尽精当。然纪事特详。惟一事数说。不知孰为可信也。今约举纪事文之总法。以尚书家为最善。每篇必具其首尾。如纪事本末之例。章实斋所谓文省于纪传。事豁于编年。今万国历史以是为公例。纪者纪一帝之本末也。传者传一人之本末也。志者纪一事之本末也。后世一邱一壑一亭一榭皆有记。其善者借之以寓意而已。邻猫生子。事虽实不足记也。

十八　论事文之篇法

姚惜抱曰。论辨类者。盖原于古之诸子。各以所学。著书诏后世。孔孟之道与文至矣。自老庄以降。道有是非。文有工拙。今按后世之论事体。汉唐以后。名称不一。一曰论。反覆以尽事情而已。二曰说。明白不烦注解而已。三曰辨。剖析以明条理而已。四曰义。引申以达意义而已。五曰原。探讨以溯其本而已。或证以考据之学。或澈其义理之要。又必文章尔雅而后可传。汉之贾晁。唐之韩柳。宋之欧苏。皆长于论理者也。论事之文。于科学为近。东人于奏疏亦归之此类。不归之治事类为协也。日本拙堂之言曰。叙事如造明堂辟雍。门阶户席。一楹一牖。不可妄为移易。议论则如空中楼阁。自出新意。但拙斋谓宜先学论事文为便。鄙意则以为习纪事为便。而治事文尤为切用。敢质之海内外教育家。以为何如。

第七篇　群经文体

一　经籍为经国经世之治体

群经皆治事之文也。当其时用为经国经世之法。既卓著其效。遂以为可常行而无弊也。爰著之以为经。然圣人通经达权。未尝分经义治事为二。则经术即为治术。后世卑陋者徒以明经拾青紫为荣。高尚者徒以键门不出皓首穷经为事。于是经籍几于无用。而激切者且欲付之烈焰矣。呜呼。天造草昧。有经籍始有文物。庖牺作卦画。俯仰天地。未能密测。夏有连山。殷有归藏。策数无征。周易作而古易废。犹时宪作而大统废乎。书兼四代。历史必述古今治绩也。后之汉书唐书视此矣。书则上下二千年。诗则纵横十五国。商人有颂。商之列国。岂少风诗。然周人仅录本朝者。详于近世文明各国耳。礼经惟周礼为国政大端。仪礼为家政大端。礼记则多属修身之事也。春秋挈其纲。三传著其目。皆孔子所见所闻所传闻也。虞书夏书商书商颂而外。无一不从周制也。周人一代之制。岂可持以为万世之法哉。师其意不泥其迹。则善说经矣。

二　周易言象数之体

象数者。实指事物而言。非空言也。八卦皆实象也。策数皆实数也。三百有六十。当期之日。则古率之粗疏也。尧典尚知三百有六旬有六日。则当期之日。必尧以前之历数。比羲和所得更疏也。汉人说经者。知岁实为三百六十五日又四分日之一。然汉人但知汉以前之策数。圣如孔子。亦但知周以前之策数也。晋虞喜宋何承天祖冲之损岁余以益天周。元郭守敬推求岁实。为三百六十五日二千四百二十五分。此命周日二十四小时。为一万分之率也。比之四分日之一。减七十五分矣。国朝康熙时宪书。以三百六十五日五时三刻三分四十五秒为岁实。雍正所定时宪新法。其小余为五时三刻三分五十七秒。今秒数又有微差矣。夫算率之方五斜五。径一周三。自远不逮后人之密。易数其变动不居之数乎。泽火革。君子以治历明时。所以示民发政施令之期耳。一部廿四史。历法七十余家。康雍之盛。历法修明。善于改革也。今日昧泽火之义。而西域之太阳年星曜日。紊我正朔焉。天算不列于教科。术数秘传于陬澨。吾悲民智之日浊矣。传甲本天道言文法以行健自强为主义其文则以大气斡旋包罗万象为极则六经之文此类居多数

三　周易文言之体

文王演周易。周公作象。仲尼系之以辞。又于乾坤二卦作文言焉。阮文达曰。此千古文章之祖也。为文章者不务协声以成韵。修词以达远。使人易诵易记。而惟以单行之。语纵横恣肆动辄千言万字。不知此乃古人所谓直言之言。论难之语非言之有文者也。非孔子之所谓文也。文言数百字。几于句句用韵。中幅节去抑且多用偶。即如乐行忧达。偶也。庸言庸行。偶也。水湿火燥。偶也。云龙风虎。偶也。学聚问辨偶也。先天后天偶也。文达所举最详今节其大略于物两色相偶而交错之。乃得名曰

文。文即象其形也。然则千古之文。莫大于孔子之言易。孔子以用韵比偶之法。综其言而自名曰文。何后人必欲反孔子之道。而自命为文。且尊之曰古也。传甲幼时识对偶字仿论语作文多与文达暗合于文多言天算地舆又窃附孔子作乾坤文言之旨焉盖十二时读畴人传已心折仪征矣

四　周易支流之别体

易之为道以阴阳也。太史公论六家要指。冠阴阳于儒墨之上。圣人以神道设教。故推天道以明人事焉。左氏浮夸。于卜筮已好为奇说。汉宋分歧。京房焦赣之入于灾异。陈抟邵雍之附会河洛。其支流大派也。晋王弼之说以老庄。程朱之说以儒理。则几于正流矣。其后支派愈多。言天算。必曰河图为加减之原。洛书备乘除之法也。言地理者必曰。八卦以定八方也。而俗所谓堪舆家。又用之以配罗经焉。再下则奇门壬遁之邪说。白莲大乘无为闻香。义和拳之妖术。亦假八卦以为秘诀焉。举世皆趋于大过之栋桡矣。邹特夫曰。京房以六日七分为一卦。一年周六十卦。余坎离震兑四卦为方伯卦不值日。已属不通。然十二卦之消息。犹以阴阳与寒暑相比附。邵子元会运世更迂阔矣。黄石斋三易洞玑。以六十七年配一卦。四千余年而一周。则天地开辟六十七年而后有生物。又六十七年而后有饮食耶。况羲农以后四千年。断无佃渔之圣人。距今四千年以前。又何曾有鸦片烟世界也。此外太元潜虚仿周易文体者亦不详及易纬见第八篇

五　尚书今古文辨体

尚书辞义最古汉拾秦烬之余，今文出于伏生之口。古文出于孔氏之壁。篆隶各殊。传写讹误。异文歧读而不相通。然孔壁遗经。犹非今日。蔡传所谓古文也。至西晋梅赜古文晚出。六朝江左。渐多传习。唐人作正义。用孔传专行。举世莫知其伪。宋人推求。疑其不类。见朱子全书。

元之吴澄竟欲举而删之。明梅鷟详考古文之来历最详。国朝阎百诗惠定宇复详证之。谭经者皆信其为伪矣。毛西河乃作古文尚书冤词以立异说。何耶。程绵庄作冤冤词以攻毛氏。而争端因以大哄。考据家之中。又各立门户焉。姚姬传复条举其大背理者。谓显黜之不为过。陈兰甫痛心时局。借题发挥。谓不实远物。则远人不格。是乃中国之福也。后世徒以格远人为美谈。乃大惑也。诸先正之言。既明且清。不容复赘。传甲以文体观之。今文艰深奇奥。而古文平易浅近。今文多载天算地舆实学。古文则半属空文。其出于后人伪托无疑矣。传经源流经学王教习讲义已详此节以文体为主

六　尚书家为古史正体

刘知几史通曰。尚书家者。其先出于太古。至孔子观书于周室。得虞夏商周四代之典。乃删其善者。定为尚书百篇。孔安国曰。以其上古之书。谓之尚书。尚书璇玑钤曰。尚者上也。上天垂文。象布节度。如天行也。王肃曰。上所言。下为史所书。故曰尚书也。推此三说。其义不同。盖书之所主。本于号令。所以宣王道之正义。发话言于臣下。故其所载。皆典谟训诰誓命之文。其后又有汉尚书魏尚书。今不传然知几以帝王无纪。公卿缺传。年月失序。爵里难详。为尚书家所短。不知尚书纪大致者也。犹春秋常事不书也。今历史新裁。亦不详帝王之年号。公卿之爵里。盖非大义所在也。尧典以下。每篇必纪一事之本末。宋之袁枢。因通鉴以复古史之体。且合西人历史公例焉。建安史学。驾乎龙门涑水而上矣。陆桴亭谓纪事本末不可不读廿四史备查可也其推重建安更在章实斋之前进人

七　禹贡创地志之体

禹贡为地志鼻祖。其所纪已为陈迹。惟其文体则可为万世法焉。分

列九州者。犹今日世界地理。必以五州大陆分卷也。名山大川。举其著者。犹今日世界地理。必以高山巨流列表也。厥田之饶瘠。厥贡之同异。犹今日世界地理。必以居民物产为要也。导山之文。可征山脉。导水之文。可征水系。其余矿产道途亦言其略。五服远近不同。要荒之族。或颊羁縻。详于中原而略于四裔者。贡献所不及者不载也。汉书地理志以郡县分部。仿禹贡九州之法也。桑钦水经。以水之原流分部。仿禹贡导水之文也。至于文义简括。则由当时简册繁重耳。后世一县之志。辄数十卷。一府之志。辄数百卷。一省之志。且数千卷。详则详矣。专纪人事。不切于地理。亦博而寡要也。先君子曾删瀛寰志略为一篇。某氏又增删之。为括地略。诚简要矣。今时局又变。拟作新括地略。便记诵焉。

八 洪范为经史之别体

尚书文体。洪范一篇。最为奇古奥博。崔东壁既深信之。陈东塾复致疑焉。窃以为天不锡鲧九畴而锡禹。大抵古人神道设教之言。如元鸟生商。履帝武敏歆之意。汉儒董仲舒治公羊春秋。始及阴阳。刘向治谷梁春秋。传以洪范。于是经术遂降为术数。史臣无识。竟以五行列传。妄推灾异。呜呼春秋日食三十六。弑君三十六。今实测密算。每年恒有日食。不闻日食一次。即有弑君一次也。左传言伊川被发。不及百年而陷为戎境。宋书五行志。晋武帝泰始后。中国相尚用胡牀貊盘。及羌煮貊炙。太康中天下又以毡为絈头。百姓已知中国必为胡所破矣。今日大餐小服。与旧俗殊。天下前途。非所敢言。然人事不修。亦不得归罪于天也。

九 诗序之体

尚书之序。出于依托。且近于复。诗序则诚不可少。无序则诗意不明矣。第诗序之说。纷如聚讼。以为大序子夏作。小序子夏毛公合作者。

郑康成诗谱也。以为子夏所序诗。即今毛诗者。后汉书儒林传也。以为子夏所创。毛公及卫宏又加润益者。隋书经籍志也。其后韩愈王安石程明道。各据其揣度之辞。为古人定评。郑夹漈复昌言排击。而朱子和之。黄震笃信朱氏。所著日抄。亦申序说。元明以来。迄无定议。然子夏五传至孙卿。孙卿授毛亨。毛亨授毛苌。其源甚明。观唐书艺文志。知韩诗亦有卜商序。然韩诗遗说。传于今者。与毛迥异何耶。四库书目提要参考诸说。定序首二句为毛苌以前经师所传。以下续申之词。为毛苌以下弟子所附。仍录冠诗部之首。明渊源之有自矣。

十　三百篇兼备后世古体近体

诗三百篇。一变而为楚骚荀赋。再变而为五言七言。后世名作如林。莫不胚胎风雅。吾读薄伐猃狁与子同仇诸什。如闻羌笛胡笳。拔剑欲起焉。此塞上之体也。吾读彼黍离离旄邱之葛诸什。如临废垒芜城。植发如戟焉。此吊古之体也。吾读桧楫松舟皎皎白驹诸什。如将乘桴揽辔。远游广览焉。此纪行之体也。又读尽瘁以仕。表忠爱之热诚。又读夙夜在公。知职分所当务。皆直庐之体也。又读为鬼为蜮。忧谗人之高张。又读投畀豺虎。伤疾恶之已甚。又读自有肺肠。悲朋党之分门。又读赫赫宗周。痛君权之旁落。汉唐宋之亡。其诗每多此体。然衡门泌水。有招隐之乐焉。筑场纳稼。有田家之乐焉。我思古人。有读书之乐焉。此亦不亏大体矣。苟得其时。出于清庙明堂之上。则济济多士。可以黼黻盛世。赳赳武夫。可为公侯干城。将见在泮献囚之典礼。庶几再举。乾隆间武功十全尝举在泮献囚献馘之盛典而普天之下。莫非王土。率土之滨。莫非王臣矣关雎葛覃为宫词体妇欢于室为闺怨体皆非今日切近之要义故不入正文

十一　淫诗辨正

宋人王柏作疑诗疑。据列女传为说。删行露章。又删召南之死麇。

邶风之静女。鄘风之桑中。卫风之氓有狐。王风之大车有麻。郑风之将仲子遵大路。有女同车山有扶苏箨兮狡童。褰裳东门之埠丰风雨子衿野有蔓草溱洧。秦风之晨风。齐风之东方之日。唐风之绸缪葛生。陈风东门之池东门之枌东门之杨防有鹊巢月出株林泽陂。凡三十二篇。固哉迂哉。王柏之惑也。自有六籍以后。第一怪变之事也。柏知奋笔于宣圣删订之后。为公议所不容。乃归罪汉人之窜入。果何据耶。甚至谓硕人第二章。形容庄姜之色太亵。不知溱洧笑谑。乐而至于淫。泽陂滂沱。哀而至于伤。虽不得比于关雎。然考风问俗者。必不能讳其恶也。王柏删淫诗。饰恶之尤者也。治以宋朝法律。当与县吏隐匿声妓同罪。虽然淫诗皆托诗耳。子不我思。岂无他人。几于人尽夫也。然女为悦己者容。犹士为知己者用。王猛张元韩延徽郭侃之才。不用于中国。谁之过欤。孔子去鲁而之楚卫。孟子居邹而迁齐梁。亦邹鲁之君相不能用圣贤耳。王风鲁颂。文体各殊。说春秋者。且谓圣人黜周王鲁焉。其然岂其然哉。

十二 周官为会典之古体

周官者大周会典也。古之六官。或类今之六部。六官之长。冢宰司徒宗伯司马司寇司空。今以尚书侍郎当之。其余则司员而已。会典详列官人数。及其职守。与周礼同。吾观历代职官表。今内务府官为周礼天官之属者居多。顾亭林曰。阍人寺人。属于冢宰。则内廷无乱政之人。九嫔世妇。属于冢宰。则后宫无盛色之事。自汉以来惟诸葛孔明知此羲所谓宫中府中俱为一体是也。呜呼。周公定此制。是以致太平欤。阉寺为中国三代弊政。与其治其标。不如拔其本。黄梨洲待访录。直斥嫔御人多。则阉监不能不多。则周礼乃诲淫之书也。汉文帝除肉刑。独不除此。盖未尽善也。冬官已阙。汉人以考工记补之。句法奇变。字法古雅。明人郭正域批点考工记。盖论文而不诂经也。然其文非秦以后可伪托矣。今算术渐明。图说之体渐密。戴东原考工记图。阮文达车制图考。皆有专书。以考工艺。今工部之于礼器兵器。一仍会典之旧制而弗变。则自

安于固陋矣。蔡牵之役粤督不改海船之式洪杨之乱督师大臣赛尚阿以永明旧铳畀川军今更以重价购西人旧器可欺

十三　仪礼为家礼之古体

今所谓家政学者。宋以前谓之家礼。周人则统于仪礼。或名士礼。盖冠礼之篇。或称士冠礼。昏体相见礼。皆士所宜从事也乡饮酒之礼。乡射之礼。尤见古人地方自治之有法焉。既饮酒以联其欢。又习射以为守望之助。士之在乡里。顾不重欤。聘礼觐礼附其后。则由家修而进于廷献也。丧服之制。古今不同。仪礼则周室一代之制耳。然仪礼在群经中。文体最为奇奥。古人读礼之法。略有三端。一曰分节。张尔岐仪礼郑注句读。吴廷华仪礼章句是也。二曰绘图。张惠言仪礼图。远胜于宋人杨复之图也。三曰释例。江永仪礼释例。任大椿弁服释例是也。然朱子仪礼经传通解。士冠礼第一节后题曰右筮日。第二节后题曰右戒宾。此虽与宋元人评古文法略同。然读书之条理。必如是。不可废也。日本汉文与所谓解剖观察法如是

十四　礼记创丛书之体

孝经附见

汉志有中庸说一篇。在戴记之后。是中庸固有单行本久矣。戴氏所记。出于汉初河间献王所得。故各为一篇。体例不一。意者所得必非一时。或不出于一人之手。不但大学中庸一篇可为一书。即如曲礼专为修身之教法。檀弓文简而晰。又近于古史之体。宋末谢枋得尝批点之。盖论文体不论经术也。月令之体。似夏小正。或因其同于吕览。疑为不韦所作。且大尉亦为秦之官名也。蔡邕月令章句之名。为朱子学庸章句所本。此外深衣一篇。解说纷纭。单行本亦多。礼运儒行哀公问仲尼燕居孔子闲居等篇。皆敷演润色。骈偶用韵。其文体特异。文心雕龙征圣篇

曰。儒行缛说以繁辞。此博文以该情也。吾观燕居闲居二篇。尤与孝经文体相似。如出一手。孝经者特戴氏丛书所求收之一种也。后人以三礼合刻。四书合刻。五经合刻。皆丛书之体。戴记则发其端而已。

十五　春秋创编年之体

孔子自言述而不作。孟子独言孔子作春秋。盖诗书易礼。皆孔子述先王之法也。春秋者。孔子所见之事。先王所未见也。孔子不作。则后人无所考证矣。故作春秋者。孔子之苦心也。其编年亦孔子之创体也。刘知几论春秋。虽有夏殷春秋之目。大抵晏子春秋吕氏春秋之类。未必如孔子之编年也。孔子叙其生平自十五至七十。皆编年体也。以事系日。以日系月。因事之自然秩序焉。至有不书日者。则义从盖阙。知之为知之。不知为不知。纪事之体也。陈兰甫谓谷梁日月之例。多不可通。是也。孔冲远曰。春秋诸事。皆不以日月为例。其以日月为例者。卿卒日食二事而已。今按左氏以公不与小敛。故不书日。则九月甲申公孙敖卒于齐。公岂得与小敛乎。日食而官失之。孔子举而书于册。犹告朔饩羊之意也乎。衮钺褒贬。各腾异说。俟经学大义详之。兹但论其文体耳。

十六　三传辨体

公谷说经者也。左传纪事者也。公谷长于论理。断制有法度。而纪事稍逊焉。汉博士谓左氏不传春秋。汉书楚元王传后刘歆传然伏生尚书大传不尽解经也。左氏依经而述其事。何不可谓之传乎。左氏之文。其气雄浑。其才博赡。尤善论战事。顾震沧春秋大事表。其都邑疆域。山川诸表。以朱墨合印沿革之图。如视诸掌。读左氏春秋习兵家言者。必不可少矣。朔闰一表。视杜预春秋长历为密。近日邹特夫学计一得所推步则尤密矣。古文家出于左氏者多。出于公谷者少。故左绣之类。专论文而不论事焉。公谷之文。不过林西仲古文析义略举数篇。批点以时文之法。

亦未尽公谷文体之要矣。公羊家以汉儒董仲舒。号为纯粹。然王鲁之言。遂启何休之偏说。穿凿附会。失孔子作春秋之本旨矣。然新夷狄之伟论。固足以警我中国矣。

十七　经学随时而变体

经籍文字。皆当时语耳。历世数百年。则视为高古而不可尽解。故古人作传以纬经。易之文言传系辞传说卦传。春秋之左传公羊传谷梁传。皆由传而进于经者也。书之孔安国传。诗之毛亨传。皆附于经以行也。东汉去古稍远。于传文不可尽解。乃为笺注以明其训诂。历魏及晋。注者渐多。唐去汉渐远。读传注犹嫌其不备。或文深而不可猝解。又为之正义以发明之。宋去古益远。惮训诂之繁。乃研究大义。以述圣贤立言之旨。初学便焉。安石经义出。而旧说如刍狗。朱子集传集注出。而旧说束高阁矣。明人大全摭宋元注释。不能上求古训。亦时代限之耳。近日去宋亦远。而宋人所注。讲师且为高头讲章以演说之。此亦文言一致之端矣。

十八　皇朝经学之昌明

圣祖高宗两朝。钦定八经尚矣。皇清经解。刊于学海。续于南菁。诚一代钜制。然易以象数为用。必以御制数理精蕴历象考成为主。书叙历代兴衰。必以钦定廿四史列朝圣训为主。诗寓国风。必以大清一统志皇与西域图志为主。礼兼政教。必以皇朝三通大清会典大清律例为主。春秋褒贬。必以御批通鉴辑览为主。乐经久亡。谨以御制律吕正义补之。孔子从周。传甲窃比于从清焉。师六经之意以征诸实用。则观皇清制度。粲然备矣。

第八篇　周秦传记杂史文体

一　逸周书为别史创体

史者别于经者也。别史又别于正史也。陈振孙以书之上不列于正史。下不至于杂史者。谓之别史。周书列于经部。则周之正史也。逸周书之为别史。亦犹汉记晋记之别于汉书晋书也。隋唐艺文志皆谓晋之太康二年。得于魏安厘王冢中。则汲冢之号。其来已久。虽真伪不可决言。然尚书之伪古文。既号为孔壁遗经。而汲冢之书。独不进于经部。同出于晋代。而有幸有不幸焉。刘知几史通。谓其与尚书相类。即孔氏刊约百篇之外。凡七十一章。上自文武。下终灵景。甚有明允笃诚。典雅高义。时亦有浅末恒说。滓秽相参。殆似后人好事者所增益也。考知几所云篇数与汉书艺文志同。今本此班固所记。惟缺一篇。史记武王克商与此暗合。许慎说文。马融注论语。皆称引之。则汉时久已通行。汲冢之号。乃后人所增耳。河间提要。仍列于别史。南皮书目。列之于古史焉。观李焘所跋。知宋本已脱烂不易读。今人必依卢文弨抱经堂校本。并折衷陈逢衡补注。朱右曾集训校释。丁宗洛管笺。便诵习焉。

二　大戴礼为传记文体

礼记不称礼经。汉儒之矜慎也。大戴礼之别于礼记。犹逸周书别于周书也。然目录家犹系于经部礼记之后者。亦以其文体略相似也。其篇目最著者。莫如夏小正。汉人取月令而删夏小正者。夏时远秦法近耳。夏小正农书之祖也。古人因中星以验农时。夏以上有尧典。夏以后有豳风。汉袭秦正朔。不用夏时。亦以岁差悬远也。然夏小正终不可废者。测岁差必多据古书也。泰西各测候书多称引中国印度埃及之古传记孙渊如校戴德传刊之。毕秋帆为之考注。洪震煊为之疏义。行夏之时之道。又大著矣。曾子介孔孟之间。独无专书。然天圆地方。则四角之不揜。二语可为地球明证。阮文达撰曾子注释四卷。即大戴礼之十篇也。天文者。文之博大艰深。号为难读。国朝经师。皆善读之。其余戴记之平易可解者。不详及焉。

三　周髀创天文志历志之体

周书无天文志律历志也。有之其周髀算经乎。其言句股测量也。简括精深。举西人平弧三角。莫能外焉。其言天地形体。详实明远。举西人冰洋热带。莫能外焉。绝学如綖。经宣城梅定九征君。表而章之。圣祖仁皇帝。分命梅珏成。申命何国宗。考测天行。步算精密。御制律书渊源。垂为一代时宪。以周髀经解为之冠。从其朔也。算经十书。周髀最古。其义其文。在数理精蕴。仅详解其卷首周公商高问答之辞。传甲少时尝撰周髀新解。后节其阐明椭圆者刊入微积集证。至北极之下。夏有不释之冰。中衡之下。冬有不死之草。亦以今地释之。北极之冰。为俄北境。中衡即赤道。今新嘉坡冬草不死。犹可证也。周髀之文。详实如此。而前人以为诞。几等于十洲记神异经焉。呜呼天算为绝学。固古今所同慨也。赵君卿周髀注亦精洁阮文达时人传盛称之

四　国语创载记之体

左传附于春秋之经文者也。国语则与左氏俱讫于智伯之亡。周鲁齐晋郑楚吴越。凡八国事。说者以为春秋外传焉。左传编年。国语分国。文体各不同。国语分部。似出于国风。然国风为有韵之文。国语则无韵之文也。国语之体裁。实为晋书载记之所祖。然陈寿三国志亦同此意。明末译职方外记。以及近日魏默深撰海国图志。日本冈本监辅撰万国史记。皆以国分部者也。迩日史学家舆地家。著述益多。大致界限。世界史用左氏例。编年及纪事本末之体。不以国分部。世界地理用国语例。分国仍用纪事本末之体也。古人国语。但述海内各国。今日国语。必括海外各国。盖晋书载纪。已有匈奴羌羯诸种人也。后世史家传外国等于臣仆。不如例为载纪。如列强角立之可畏也。国语创载记之体。所以明统驭宙合之难也。

五　国策兼兵家纵横家舆地家诸体

战国之士善用奇。故其发于文者亦奇。刘知几曰。秦兼天下而著战国策。其篇有东西二周秦齐燕楚三晋宋卫中山合十二国。然观刘向所校。序称中书本号。或曰国策。或曰国事。或曰短长。或曰事语。或曰长书。或曰修书。则向本裒合诸国之记。删并排比。以成此书。其文则战国之士所为也。战国文体。本近于矜才使气。但处其时无尚武之精神。则国不能自强。士不能自立矣。或纵或横。苟非晓畅兵机。熟谙地势。必不能倾动诸侯王。而睥睨万乘也。汉之贾太傅。唐之杜牧之。宋之陈龙川。明之唐顺之。国初之顾景范。近日之魏默深。皆祖战国策士之文也。苏眉山有言曰。少年文字。须令斗气象峥嵘。传甲少贱时。文颇稚弱。既而纠缠算数。笔亦枯涩。及观览舆图。读顾魏之文。始有生色。诗亦能为塞上曲焉。故不习地舆者。吾可决其诗文必无气魄也。游历远者虽不习

地图诗文亦奇实验之效也

六　世本创族谱之体

班固称司马迁作史记。据左氏国语。采世本战国策。今世本已亡佚。惟有孙冯翼所辑世本一卷。雷学淇校辑世本二卷。秦嘉谟世本辑补十卷。虽未必尽复旧观。然大端可见矣。封建时代。贵族专制。阶级最严。明德之后。或延祀数百。世次历历可考。故胪列记之。如近日官署之点名册。史记据世本抄录。夏殷周秦世次。皆可考见。厥后史家之宗室世系表。宰相世系表。旁行斜上。便于观览。亦族谱之体。实仿世本而为之也。宋人谱学最详。欧苏之法。后世沿之。郑樵通志有氏族略。皆详其得姓之始焉。续通志之氏族略。则辽金元之世本。战胜我族者也。川黔土司之传边录。见辰州府志则苗猺之世本。我族所战胜也。论世本之体。吾悲且惧焉。原当世者知先世缔造之艰难。祝后世子子孙孙。引而勿替。不亦休乎。

七　竹书纪年仿春秋之体

伪古文尚书。多取材于史记。伪竹书纪年。则取法于春秋。竹书所纪之事。虽在春秋以前。然其文体则学春秋而未能也。古史惟尚书一家耳。苟有编年之书。孔子将修之。与春秋相衔接。何以尚书春秋。体裁回异乎。竹书出于汲冢。其来历已不可信。金盘石鼓。犹为岁月所销磨。况竹简埋古冢中。经千余年卑湿之气所蒸蚀。虽不与桐棺俱朽。亦断烂不可收拾矣。且蝌蚪奇字。汉时惟扬雄识之。晋以后识者何所据耶。宋时伪三坟伪晋乘楚梼机。相继出书。世愈晚。所托于古者。愈不可信。竹书虽伪。视此已为古矣。所记启杀益。太甲杀伊尹。荒诞不足据。然谬论流传。适为继体之君。擅杀大臣者所借口。春秋作而乱臣惧。竹书作而贤人死。一真一伪。一正一邪。不能并立于天壤。文体虽同。宗旨不容不辨。

八 山海经与禹贡文体异同

山海经相传出于禹益治水之时。今真伪不可知。然刘歆七略所校上。其来已古矣。其文闳诞迂夸。不若禹贡之真实简质。其旨奇怪俶傥。不若禹贡之平易正直。盖禹贡限于域中。山海经极于荒外。有读之者。亦等诸无稽之小说耳。然山海经文体。有与新地理志相吻合者。如山海经首言。南山经之首曰䧿山。第二节曰又东三百里曰堂庭之山。皆节节相连续。可寻其山脉。近代黄岩李诚。撰万山纲目。友人章一山庶常刊入续台州丛书传甲亦与校雠焉其条理与齐次风水道提纲同。山者水之源也。中庸所谓草木生之。禽兽居之。详言物产固地志之公例也。古有今无之物甚繁。不足异也。读赫胥黎之天演论。知动植消耗之故矣。人首而有尾者。大抵皆猿类也。大荒以外。传闻歧异。且沧海桑田。变迁已甚。地质家谓日本古昔毗连亚陆。英伦古昔毗连欧陆。火山裂之。海水撼之。自然地理。亦有变矣。然则猿世界之际。山海情状。安知不如彼所云乎。

九 穆天子传非本纪体

天子曰纪。卿大夫士曰传。史臣之通例。穆天子何以称传乎。抑穆天子时之西域传乎。其文惝恍如小说。然郭璞注本。相传至今。虽伪书亦汉人述周室之轶事耳。齐王俭作汉武内传。亦可谓之汉天子传矣。今人译华盛顿传。不仿尧舜本纪之。名以纪之亦内中国畛域之见未化乎。抑吾读穆天子传。更有感者。天子统有海内。南面受诸侯之朝。未闻别有所朝也。穆天子朝西王母。意者西域之大国。当巴比伦兴盛之时乎。惜尚书缺残。春秋未作。不得信史而证之耳。堂堂天子而朝于外。则列之为传。以志王道之衰。亦惧西域之始也。由此推之。不但蜀后主列传为允。即石敬塘赵构之称臣异族者。皆当降为列传。不可以入本纪也。

十　七经纬文体之大略

七纬偭七经而行。犹天子五纬偭经星而行乎。群经犹经星之恒度也。纬则络绎于经之间耳。其中多孔氏遗言。七十子所记述。其文体有简洁如论语者。太史公自序。引孔子曰。我欲载之空言。不如见之于行事之深切著明也。此春秋纬之文也。战国以后。术士或以怪诞之说。杂于其间。秦始皇时。卢生有亡秦者胡之谶。秦始之焚经。或恶其言之不祥欤。汉儒笃信纬候者最多。于是面谀者改计为符瑞。哀平之际。颂莽功德者。实繁有徒。光武中兴。不免囿于习气。至隋焚谶纬。几无完书矣。唐人五经正义。时有称引。宋人且欲尽举而删之焉。近日易纬存者。乾坤凿度二卷。稽览图二卷。辨终备一卷。乾凿度二卷。通卦验二卷。乾元序制记一卷。是类谋一卷。坤灵图一卷。皆永乐大典本。近日考据家益搜集类书。而纬书渐备。其文之纯者。皆合群经之体焉。河图括地象言昆仑者地之中。东南方五千里名曰神州。又合于邹衍之说。为新地志鼻祖矣。

十一　神农本草创植物教科书文体

孟子时有为神农之言者许行。汉书蓺文志。农家者流。首列神农二十篇。注曰。六国时。诸子疾时怠于农桑。道耕农事。托之神农。师古曰。刘向别录云。疑李悝及商君所说。今观神农本草。仅为医家考求药性所用。不知其为农学之大宗。植物学之教科书也。秦始皇禁挟书。独凿药种树之书。传习弗衰。后之儒者。忘周公无逸之训。孔子足食之教。士农分途。而耕读自娱者。或嗤其村鄙焉。齐民要术救荒本草之类。非藏书家无得见者。博洽之士。读农家言。亦只为考据词章之用而已。户部号为司农。而坐征钱漕。不教播种。亦异于后稷之职守矣。近农学植物学。全球人类所注目。而中国夙称以农立国者。犹仍太古之耒耜焉。

农学植物学之书。犹待译于外国。耻孰甚焉。不及此以兴农学。吾惧莽莽中原。鞠为茂草矣。

十二　黄帝素问灵枢创生理学全体学文体

黄帝内经。见于汉书艺文志。无所谓素问灵枢也。内经十八篇。而素问二十四卷。灵枢经十二卷。或分或合。俱与内经篇数不符。然后汉张机伤寒论。已称引素问。则素问虽伪托。亦必出于周秦。灵枢则文义浅短。与素问之言不类。杭世骏跋尾。谓灵枢似窃取素问而铺张者。吕复亦称善学者当与素问并观。其旨义互相发明。盖其书虽伪。而其言则缀合古经。具有原本。譬之梅赜古文。杂采逸书。联成篇目。虽抵牾罅漏。然精警语颇多。何可废也。况古昔生理学全体学未显。独赖此二书以存其梗概。诚传记之有实用者也。近人撰格致古微。于此二书多称引焉。虽经出于周秦文体亦古奥然医书以明白通俗能求时症为主固不取文之古奥者也

十三　司马法创兵志之体

周书无兵志。周礼夏官。其兵志之始乎。夏官详于职官之数。职官所掌。兵法则略而不及。夫用兵所恃者法也。无法则兵不可用矣。司马法第一篇曰仁本。盖粹然儒者之言。第二篇曰天子义。盖汤武秉钺以后。非真人龙战。未能坚草野推戴之心也。华盛顿拿破仑起自匹夫皆以武功受推戴第三篇定爵。所以著功罪也。英国水师律例译本犹未尽叶且中国船政局亦未之能用也第四篇严位。第五篇用众。皆详言行阵之法。呜呼。中国兵备荒弛久矣。正史中兵志。徒铺张其数。而未得其精意之所在。司马法在今日。已成陈迹。军情万变。固非常情所能测。寻行数墨之士所得记也。古人文武未分途。是以官司马者。皆知兵大将。非如今日兵部尚书侍郎。由他部升转。词臣科道。循序以进也。故其言可法于后世焉。今日军法。安得知兵能文者。援笔以记之乎。

十四　家语与论语文体之异同

论语为群经之准绳。而孔子家语。仅比于儒门诸子之传记者。非以论语真而家语伪乎。其目虽见于汉书蓺文志。然自唐人颜师古以后。皆知为魏人王肃所伪托。特其中排比古事甚多。亦未可遽废耳。故时与左国荀孟戴礼史记相出入。夫孔子论语。门人记其论难之语耳。学而述而。篇名都无意义。不过若诗歌之举首句也。乡党一篇。且记朝廷之事焉。家语相鲁第一。所言皆相鲁事也。始诛第二。惟诛少正卯及父子同狴二事焉。刘知几史通题目篇所谓烦碎也。然则开帙解带。便令昭然满目者。盖后世之文体也。论语之文简而要。唯圣者能之。家语之文详而畅。中人以上。皆可及也。家语执辔篇。子夏曰。商闻山书曰。地东西为纬。南北为经今东西为经南北为纬与今日异。然所谓坚土之人刚。弱土之人柔。墟土之人大。沙土之人细。皆深明种性与地理之关系。盖三代以前。研究民生日用者。皆切实也。

十五　孔丛子创世家之体

孔丛子旧说为孔子八世孙孔鲋撰。鲋为陈涉博士。固孔氏传记仅延于秦焰之余者也。汉志儒家有孔臧。意者其孔鲋藏书之意乎。隋志始有孔丛。今本所载。皆仲尼而下。子上子高子顺之言行。凡二十一篇。盖仲尼之后。子思以下。皆能思其家学。圣人之泽之深。所及之久远。诚足以世家矣。岂待龙门之表异乎。彼史迁者。亦不过纪其实而已。朱子谓孔丛子文气软弱。不似西汉文字。陈振孙亦言其书记鲋之没。决非鲋撰。窃谓书名孔丛。必非一人之手。子思以下。子孙世世赓续之耳。周秦之际。孔氏一线之传。犹幸有此书可证焉。家语为王肃伪托。后人不能废。此亦同一例也。国朝孙星衍撰孔子集语。博采诸子百家之言。分别而条理之。亦孔丛子之类也。盖书虽成于近日。文皆本于周秦故也。

十六 晏子春秋创谏疏奏议之体

春秋列国贤卿大夫。谏草之未焚者。晏子一人而已矣。其卷一卷二谏章。凡五十篇。庄公矜勇力。不顾行义。晏子谏焉。景公饮酒。夜听新乐。燕赏无功。信用谗佞。欲废适子。祠灵山河伯等事。晏子皆谏焉。呜呼。晏子可谓知大体矣。汉唐论谏之名作。往往合于晏子。读其书。知国无诤臣。则不能自立焉。晏子春秋题目最长。叙事极明后世谏疏。前一行必云为某某事者。其体即原于此。又有卷三卷四问六十篇。则近日召对纪言之体也。吾独惜后世名臣。嘉谟入告。往往让善于天子。其次则殿廷策对。循例揄扬。敷演空论。不切于事情。徒取楷法之工。以博上第。其下者则饰乱世为升平。为逢君殃民之蟊贼。更无论矣。安得平仲复出。借以励末世之浊俗乎。

十七 吕氏春秋创官局修书之体

古有左言右史之官。以司记载。未闻有执政大臣。广招游士。以成一书也。秦相吕不韦著吕氏春秋。其名似私家撰述。其实已成官局修书之体也。官局修书之体如何。不过整齐排比而已。吕氏十二纪。每纪五篇。八览每览八篇。六论每论六篇。是特整齐排比而已。汉淮南王之成鸿烈。唐武后时张昌宗之修三教珠英。宋真宗时王钦若之修册府元龟。皆用此术也。能文之士。不能自立。为权门效笔墨之役。亦可耻矣。后世大臣著述。往往萃门士故吏而为之。故有目不识丁。而政书盈帙者矣。律例于应试士子。觅代枪者有诛。而大府文字。出于幕友。独无禁焉。官局修书。总裁总纂之大臣。且优其议叙焉。此何理耶。

十八　汉以来传记述周秦古事之体

汉袁康之越绝书。赵晔之吴越春秋。皆断代分国以专记一时一地之事也。史记无列女传。刘向乃创为之。后汉书遂以列女入正史矣。刘向又有新序说苑二书。多记秦以前事。皆传记之可信者也。汉之传记已佚。而近人辑录者。陆贾楚汉春秋。伏无忌古今注。及蜀汉谯周古史考各一卷而已。晋则有皇甫谧帝王世纪。宋则有罗泌路史。皆传记近于可信者也。国朝马骕之绎史。崔东壁之考信录。皆言三代事。元元本本。殚见洽闻。宜其为世所郑重也。汉以后传记。记汉以后之事者。书目充栋。不暇备征。今日撰中国历史者。蹊径各别。虽周秦古事。亦注意今日政策焉。然后知修史之才。与读史之法。皆归于致用而已。

第九篇　周秦诸子文体

一　管子创法学通论之文体

欲以时代为次而难于考订惟以诸子之最有用者列于前其无大用者列于后而以佚文伪书为殿

孔子曰。管仲相桓公。霸诸侯。一匡天下。民到于今受其赐。微管仲吾其被发左衽矣。此管子万世之定论也。呜呼。管仲攘夷狄。犹周公之兼夷狄也。东晋偏安。谢安犹号江左夷吾者。尚能保汉族之独立耳。管子为法律家鼻祖。今所传管子二十四卷。凡八十六篇。首言牧民。民为贵也。形势篇深明控御机宜。权修篇深明主权界限。立政篇深明政务根本。乘马篇言凡立国都。非大山之下。必于广川之上。管仲盖深知盘庚涉河。太王邑岐之形势矣。今之京师西抱太行东凭渤澥形势亦壮阔至霸形霸言诸章。则卓然见霸业之成效焉。地圆篇最简。是为短语。管子所谓凡兵主者。必先审知地图。轩辕之险。滥车之水。名山通谷。经川陵陆丘阜之所在。苴草林本蒲苇之所茂。道里之远近。城郭之大小。名邑废邑困殖之地必尽知之云云。诚深知战时之法制也。地员篇之言动植。地数篇之言金铁。凡山林之政。矿路之政。管子咸得其要领焉。读管子之文。

知富国强兵而不流为迂拘。故举为周秦诸子冠焉。

二 孙子创兵家测量火攻各法文体

孙子算经附见此篇

战国策士。谈兵多浮夸。孙子兵书。谈兵独谨严。始计篇第一。经之以五事。曰道。曰天。曰地。曰将。曰法。何邃密如此乎。又曰。夫未战而庙算胜者。得算多也。周秦传本。有孙子算经。唐人列于明算科。意者或孙武子所撰也。多算胜。少算不胜。兵家之常耳。善言兵者。今日岂可不通行军测绘耶。是以古人五曹算经。尤重兵曹。四元玉鉴。尤重官司招兵也。垛积之法莫精于此孙子又言火攻有五。曰火人。曰火积。曰火辎。曰火库。曰火队。实启近日炸药炮弹鱼雷之秘。读火器真诀。抛物线说。益惊后人测算之密焉。然孙子言上风下风及风起之法。皆测候学之要务也。孙子发明兵家各科学。其用甚广。近世武科不识字。默写孙子。亦倩书吏代之。当轴者虽废弃武科。然武备不修。肄武者益少矣。孙子之法。能教吴王阖庐之美人作战士。今七尺男子。犹文弱不胜一卒之用。况女子乎。有某省女学堂创办体操。大于物议。亦未读孙子之文。少见多怪耳。孙子十家注最通行日本人小官山绥介著孙子讲义推为空前绝后之作焉

三 吴子文体见儒家尚武之精神

吴起儒服。以兵机见魏文侯。为千古儒将之冠。起为曾子之门人。故儒服。生于战国。故晓鬯兵机。吴起之书。皆与文侯武侯应对之辞。迎机利导。其答如响。文机亦奇变不可思议。孔子之门有仲由。曾子之门有吴起。皆儒家不可少之人物。盖尚武之精神。出于天赋。所以矫贱儒庸懦之习也。其图国篇。言昔之图国家者。必先教百姓而亲万民。合于孟子人和之旨。盖国者民之积也。吴子言不和于国。不可以出军。深

知后世丧国之道。必由于不和。料敌篇深知六国之性情。及其地之广狭。民之强弱。治兵篇谓以治为胜。又谓必死则生。幸生则死。尤为扼要。论将篇纯于正。应变篇尽其奇。励士篇著其效。文体则坌断罔连。自成一体也。日本小宫山绥介谓吴子兵书为筹策者所宜研究

四　九章算术文体之整洁

六经惟周易之爻象。文体整齐。九章算术。大抵周官保氏之遗法。而周秦之际。习算者以为普通课本耳。其九章犹易之八卦也。其算题犹易之各爻也。其术曰云云。犹易之象曰云云也。文体整齐。说亦简质。象数之理。遂觉奇奥而难通。唐之李淳风奉敕注释。其功与孔颖达作五经正义同。明经明算。皆实学也。况方田通于农学。粟米通于商务。古昔未有钱交易以粟米商功便于工程。勾股便于测量。民生日用。无一不与算数机关。惟九章次第。未便初学。盖古人分部之未善也。古人立六书九数于小学。后儒辄视为皓首难穷之事。则空文误之也。厥后借衰之理。暗合于借根。方程之正负。实通于代数。勾股之法。亦通于三角八线焉。虽新法日多。然古人椎轮创始之功。不可没矣。近代算家著述高古者戴东原李尚之罗茗香焦里堂皆神與古会然不若梅氏之明晓

五　墨子发明格致新理之文体

墨子翟之经说。多明算术格致之理。其文古奥。多不可句读。经上云。平同高也。直参也。合于海岛算经两表齐高参直之术焉。又云端体之无序而最前者也。此所谓端者。即几何原本之点。李译拾级作原点俗谓之起点序犹东序西序。两旁之谓也。几何所谓点无长短广狭是也。最前者。几何所谓线之界是点是也。又云圆一中同长也。几何所谓自圆界至中心作直线俱等是也。经下云。临鉴而立景倒。谓洼镜也。又云鉴者。近中则所鉴大。景亦大。远中则所鉴小。景亦小。谓突镜也。邹特夫著格术

补。即发明墨子之精意。成光学之专书也。经说下又云。挈有力也。引无力也。陈兰甫疑为西人起重之法。传甲窃谓挈者。与地球吸力相反。故须有力。引者重学斜而之理。力被分而减小也。昔人以此证西学为中国所固有。传甲窃谓其断烂不可读。教科必以新法为准也。兼爱之说。孔子所谓尧舜犹病之博施也。苟格致之理大明。无游民。无废事。固尧舜之所愿而未能也。尚同可矣。节用可矣。彼西竺之慈悲。基督之赎罪。曾何损于儒者之求仁改过乎。

六 老子创哲学家卫生学家之文体

老子李耳。作道德五千言。文体高洁。自成一家。固中国哲学之元祖。日本小宫山绥介诸义如此而养生论所尊为师资者也。窃以为老子之学。杨朱为我所从出耳。其视一身之外。万物百姓皆刍狗也。老子但知为我。视五色五音五味。皆由外来而非我所固有也。吾意老子。其苟全性命于乱世者乎。故挫锐解纷。和光同尘。善于用柔。其言曰。曲则全。枉则直。洼则盈。弊则新。小则得。多则惑。其志亦足悲矣。老子既欲以柔胜刚。弱胜强。则居心不得不阴险。彼所谓居其实者。何往而非自私自利之见存。大巧若拙。大辩若讷。老子之言不由衷。亦可见矣。虽然老子为一身计则得计。至于治国家。则无为者必致万几废弛。不争者必致四邻侵侮。印度希腊。哲学日兴。而国日衰。吾为此惧。日本远藤隆吉中国哲学史谓老子为纯正哲学实践哲学推崇甚至

七 庄子文体真伪工拙之异同

庄子之学。出于老子。而文尤奇警。犹孟子之学。出于孔子。而文尤奇警也。笹川文学史以庄子与孟子并称

战国之文。恢谲雄伟。虽儒家之纯实。道家之清净。犹不免为习俗所移。庄周识见高妙。性情滑稽。骋其笔锋。神奇变化。匪常情所能测。

荀子解蔽篇。谓庄子蔽于天而不知人。洵为定论。然庄子之文。亦不一致。闽南郑氏井观琐言曰。古史谓庄子让王盗跖说剑诸篇。皆后人搀入者。今考其文字体制。信然。如盗跖之文。非惟不类先秦文字。亦不类西汉文字。然自太史公以前即有之。则有不可晓者。常观马蹄胠箧诸篇。文意亦凡近。视逍遥游大宗师等篇。殊不相侔。闽中族人自西仲氏作庄子因。仲懿氏作南华本义。皆分段加评。逐句加注。西仲之书。尤为塾师所重。然近世名臣孙文。定曾文正皆嗜庄子之文。文定南华通亦评其起承转合。提掇呼应。使人易晓。世人忌西仲之书。通行海内。多诋其浅陋。不知蒙学课本。以浅显为主。固万国公例也。日本大田才次郎著庄子讲义多取西仲之说译以和文博文馆有刊本

八　列子创中国佛教之文体

列子之文。雄奇不逮庄子。而灵幻过之。列子盖佛教之始也。林类曰。死之与生。一往一反。故死于是者。安知不生于彼。孔子许其得之而不尽者也。彼西域轮回之说。未入中国以前。林类已脱然超悟矣。列子之文。如女娲之补天也。愚公之移山也。非所谓神通广大者欤。蛇身人面。牛首蛇鼻。非所谓法象庄严者欤。熊罴狼豹貙虎为前驱。雕鹖鹰鸢为旗帜。非所谓皈依驯服者欤。姑射神人。吸风饮露。似天女之散花。中山鬼物。随烟上下。似夜叉之披发。不独纪周穆王之化人。以西域为乐国也。列子之寓言。犹天竺之象教也。列子即人心营构之象而言。以尽世情之奇变。非造作邪说以诬世也。释典之文。如圆觉之深妙。楞严之光博。维摩之奇肆。皆可属于列子之附庸矣。

九　文子之文体冗杂

汉志道家文子九篇。注曰。老子弟子。与孔子同时。而称周平王间。似依托也。后人因范蠡师计然姓辛字文子。遂误两人为一人。柳子厚文

集。有辨文子一篇。称其旨意皆本于老子。然考其书。盖驳书也。其浑而类者少。窃取他书以合之者多。凡孟子辈数家。皆见剽窃。晓然而出其类。其意绪文词。又互相抵而不合。不知人之增益之欤。或者众为聚敛以成其书欤。今刊去谬恶滥杂者。取其似是者。又颇为发其意藏于家。是其书不出一手。唐人固已言之也。唐人尊老子为道德真经。庄子为南华真经。列子为冲虚真经。文子为通元真经。亢仓子为洞灵真经。道家著述。几与孔孟并重。文子之文。亦与老庄并重矣。

十　商君书创变法条陈之文体

古今言变法者。多能牺牲一身。以成事业。终致国富兵强者。商君一人而已。商君之学似孔子。不外乎足食足兵民信之矣二语。商君之垦令算地。皆足食之训也。战法画策。皆足兵之训也。商君之精言曰。圣人有必信之性。又有使天下不得不信之法。又曰圣人为法。必使之明白易知。此皆民信之训也。君子信而后劳其民。商君有之。故曰人主使其民信如日月。此无敌矣。商君之文。条达而善辨。明敏透辟。锋芒四射。使人主不得不信。而后臣民亦不得不信。于是商君乃得行其志焉。王安石上万言书。其明敏透辟。不让卫鞅。惟民信未孚。故秦更法而强。宋行新法而弱耳。呜呼宋人变法之初。不能信赏必罚。昭天下之大信。是聚敛而已。岂足以致富强。虽能文如荆公。亦具文耳。

十一　韩非子创刑律之文体

申韩之学。本于黄老。盖变本而加厉也。申不害之书不传。观韩非子定法篇。似举申不害公孙鞅二家之法术。合而一之。皆以为未善也。韩非子谓舜之救败。是尧之失。贤舜则去尧之明察。圣尧则去舜之德化。不可两得也。此老吏断狱深文致罪之辞。韩非子敢施之尧舜。亦奇矣哉。然可以破古人矛盾之说。亦千古之特识也。韩非子八说篇。凡仁人君子有行有侠之得民者。皆以为匹夫之私誉。人主之大败。实启秦政坑儒臣杀功臣之端。而韩非子亦不能自免也。历朝党禁。竭天子之力。以与匹夫争。彼执法之。臣不得不柔媚以事上。苛察以制下。而刑律因以日繁。韩非子言曰。孔墨不耕耨。则国何得焉。曾史不战攻。则国何利焉也。韩非子欲息文学而明法度。苟得其志。将尽天下之异己者而诛锄之矣。吾读韩非子之文。吾幸韩非子之不用也。日本笹川种郎称韩非子之文波浪万重曲折顿挫百态千状又言五十五篇中忠孝人主饰令等篇文气稍弱异于韩非子之文

十二　公孙龙子创辨学之文体

论语言正名。中庸言明辨。衰周诸子。邓析尹文惠施公孙龙遂成名学一家之言。严子几道。译穆勒名学。即同此家数。同此文体。今邓析尹文。皆非原书。惟公孙龙之书。较为完备。其书大指疾名器乖实。乃假指物以混是非。借白马而齐物我。冀时君有悟而正名实。淮南子谓公孙龙粲于辞而贸名。杨子法言亦称公孙龙诡辞数万。日本远藤隆吉中国哲学史亦列公孙龙于思索派之诡辨家盖其持论雄胆。实足以与庄列谈空者抗。陈振孙以浅陋迂僻识之。未允也。其坚白论曰。坚白石。三可乎。曰不可。二可乎。曰可。谓目视石。但见白不见其坚。则谓之白石手触石。乃知其坚。而不知其白。则谓之坚石是坚白终不可合为一也。其明辨大抵如此。坚白之辨实通于心理学外界知觉东人谓辨学为论理学尚无定名

十三　鬼谷子创交涉之文体

鬼谷子之名。始见于隋志。汉志纵横家。盖出于行人之官。有苏秦三十一篇。张仪十篇。今皆不传。胡应麟笔丛。谓东汉人本苏张之说。曾粹而为之。托名鬼谷。然其文固周秦之文也。高似孙称其一阖一辟。为易之神。一翕一张。为老子之术。出于战国诸人之表。诚为过当。宋濂潜溪集诋为蛇鼠之智。其文浅近。又抑之太甚。柳宗元辨鬼谷子以为

其言益奇。其道益隘。差为得真。盖其术虽不足道。其文之奇变诡纬。要非后世所能及也。鬼谷子捭阖飞箝等篇。不过时人矫诈之常态。读其书如见其肺肝然。虽然。交邻之道。惟国势相若。乃可以公法相持。信义相孚。否则寓干戈于樽俎之间。腾骋笔墨。肆为恫喝。叩关而至者皆鬼谷也。然我能自强。无隙可乘。则彼所挟抵□之术亦穷矣。

十四 鹖冠子不立宗派家之文体

鹖冠子楚人。居于深山。以鹖为冠。号曰鹖冠子。宋陆佃为之注解。且称其书虽本于黄老刑名。而要其宿。时若散乱而无家者。然其奇辞奥旨。亦每每而有也。窃谓战国时诸子。各立宗派。鹖冠子独不立宗派。日本远藤隆吉中国哲学史谓鹖冠子为折衷派诚有当毋固毋毋之旨。未可以杂家斥之也。韩昌黎读其文。则谓使其人过其时。援其道而施于国家。功德岂少哉。柳子厚作辨鹖冠子。则曰得其书而读之。书鄙浅言也。二公所见不同如此。夫韩柳皆号为古文钜子。其志趣亦略相同。今使韩柳为主司。鹖冠橐笔而应试。其去取尚未定也。欧阳文忠曰。文章自古无凭据。窃谓今日尤无凭据也。

十五 屈子离骚经文体之奇奥

国风列于经部。楚泽离骚经。独不能列于经部者何耶。未经孔子删定而后人不敢也。然则抑楚辞于集部。果何说耶。楚辞虽不足以进于经。犹足以自成一子。楚辞为诸子中有韵之文。犹风雅为群经中有韵之文也。列屈子于子部。固得其所矣。今大学堂研究文学要义中各条目无楚骚之体否则降老子于集部曰老子文集。降庄子于集部曰庄子文集。始足以与屈子并列也。况屈贾同传。千古定论。贾谊新书。已列于子部。而屈子离骚。乃侪于后人碌碌之文集耶。国风好色而不淫。小雅怨诽而不乱。屈子盖兼之矣。蝉蜕尘埃之外。将欲与日月争光。虽节奏凄怆。为亡国之余音。

然有才而不用。迫而出此不平之鸣。亦楚国耎主谗臣之罪矣。

十六　诸子伪书文体之近于古者

尝观姚氏际恒古今伪书考。深服其甄别之严。然亦有不敢苟同姚氏者。则姚氏不明天算。误以周髀为伪书也。至于兵家之六韬。道家之关尹子。法家之邓析子。杂家之燕丹子。皆伪而近于古者也。张南皮书目答问之说如此今观六韬。相传出于太公。而精严不逮孙吴。然三国时蜀先主观之。已与诸子相提并论。关尹子相传周尹喜撰。其书中如一息得道。婴儿蕊女。金楼绛宫。青蛟白虎。宝鼎红炉。诵咒土偶之类。老聃时皆无此文藻。然其书为陆德明经典释文所引。则当出于六朝以前邓析之文。节次不联属。似掇拾之本。燕丹子则抄录史记而为之也。之数子者。文体犹近古。鬻子华子诸伪书。虽存于四库。其文体不足论矣。尤伪者如尉缭子之类书虽存习之者亦少

十七　诸子佚文由近入辑录之体

守山阁刊本慎子一卷。尹文子一卷。皆校录其佚文为附卷。尸子辑本则有两家。章氏宗源辑本。则有二卷。刊入平津馆丛书。任氏兆麟辑本。则有三卷。刊入心斋十种。唐马总著意林五卷。周秦之佚文。或赖以存百分之一二。近代马氏国翰玉函山房丛书。搜集佚书。子部尤夥。周秦以前。片言单语。珍逾拱璧焉。然零星掇取于类书注释之中。必不能复还故观。亦无从论其文体。惟慎子尹文子尸子。已成卷帙者。虽旧文残缺。其崖略犹可见耳。慎到之大旨。欲因物理之当然。各定一法以守之。尹文子则谓有理而无益于治者。君子弗言。尸子之劝学处道。则几于正矣。读古佚书。学近人辑录体例。亦不外征引详实。整齐排列耳。

十八　学周秦诸子之文须辨其学术

文学家于周秦诸子。当论其文。非宗其学术也。此张南皮之说也。大学堂章程中学文学门窃以为学周秦诸子者。必取其合于儒者学之。不合于儒者置之。则儒家之言已备。何必旁及诸子。所以习诸子者。正以补助儒家所不及也。吾读诸子之文。必辨其学术。不问其合于儒家不合于儒家。惟求其可以致用者读之。果能相业如管仲。将略如孙吴。胜于俗儒自命为文人矣。次之如九章之算术。墨子之格致。亦足以制器尚象。以前民用。老庄列文四子。匪我师资。虽论其文。未尝习其学也。商君韩非之治国。公孙鬼谷之骋言。用于抢攘之世。犹胜于道家也。鹖冠灵均。有才不遇。读其文辄令人悲从中来。文之动于情者真也。呜呼。今日之中国。方以文义艰深为病。传甲不敢拾周秦之奇字。以炫博洽。不敢驰诸子之横说。以误天下。疏陋之讥。在所不免。惟笃实致用之士。或许我乎。

第十篇　史汉三国四史文体

一　史记为经天纬地之文

孔子作春秋。绝笔五百年。有汉司马迁继起。作史记。于戏。史公之特识。作史者万世之师表也。太史公自序。托始于颛顼命南正重司天。北正黎司地。历唐虞夏商。世序天地。周秦为司马氏。及汉之建元元封间。迁父谈为太史公。位丞相上。司文史星历之事。迁生龙门。南游江淮。上会稽。探禹穴。阈九疑。浮于沅湘。北涉汶泗。讲业齐鲁之都。观孔子遗风。乡射邹峄。厄困鄱薛彭城。过梁楚以归。于是选仕为郎中。奉使西使巴蜀以南。南略邛筰昆明。还报命。乃发石室金匮之书。上起轩辕。下终天汉。为经天纬地之文。其于本纪年表月表。皆以天时为之经。历书又总合古今甲子。以纪年月焉。诸侯王之世家。皆以邦国为之纬。河渠书又总合江河派别以兴水利焉。虽一家之言。实天地间之绝作也。后世太史所谓编修纂修协修者。不但叩以浑盖黄赤而不辨。且有终其身未尝撰一字入史宬者。斯则为太史公之牛马走而不足矣。

二　史记通六经自成一家之文体

史记五帝本纪引用帝典。夏本纪引用禹贡。殷本纪引用商颂周本纪引用春秋。礼书乐书。则比于礼记乐记。日者列传龟策列传。虽近于易。然圣贤重民事而远鬼神。故孔子五十而后学易。史公之作史记。亦先诗书而后卜筮也。通六经之精意。成一家之著述。网罗群编。胥归一贯。班固乃诋其采经摭传。分散数家之事。甚多疏略。或有抵牾。此特文人相轻之意气耳。史迁叙二帝三王之事。较尚书家尤为详备。岂可遽议疏略乎。代远年湮。不能详考。故史公之略商周而详秦汉者。犹孔子略夏商而详周室也。至于抵牾之处。亦由经传各有异义耳。班固又谓史记论大道则先黄老而后六经。不知史记于孔子进于世家。老庄申韩则同为列传。果孰先而孰后耶。是则不待辨而自明矣。

三　史记本纪世家文体之辨

刘知几史通曰。天子为本纪。诸侯为世家。斯诚谠矣。但区域既定。而疆理不分。遂令后之学者。罕详其义。案姬自后稷至于西伯。嬴自伯翳至于庄襄。爵乃诸侯。而名隶本纪。若以西伯庄襄以上。别作周秦世家。持殷纣以对武王。拔秦始以承周赧。使帝王传授。昭然有别。岂不善乎。传甲案知几所论。乃编年之体。非本纪之体也。凡本纪必追溯其所自出。若周秦本纪。截去文王庄襄以前。是为无本之木。无源之水也。若列周世家于周本纪之前。秦世家于秦本纪之前。则冠履倒置。名称不顺。若列周秦本纪于本纪。而降周秦世家。侪于齐鲁。则颠乱弥甚而不可读矣。况周人尊后稷以配天。追王太王王季。上祀先公以天子之礼。则史迁冠之本纪之前。不亦宜乎。知几特苛责前人而已。项羽本纪吕后本纪尝亦滋异议然二人皆公为政于天下史则从其实也

四　史记世家列传文体之辨

史迁列孔子于世家。王安石独非之。其言曰。夫仲尼之才。帝王可也。何特公侯者。仲尼之道。世天下可也。何特世其家哉。处之世家。仲尼之道。不从而大。置之列传。仲尼之道。不从而小。而迁也自乱其例。所谓多所抵牾者也。传甲案荆公之说。徒为大言而鲜实者也。由战国以至楚汉之际。儒术不过九流之一。孔子之或与墨翟齐名。或为庄周之徒丑诋。名称未定于一尊。及汉武帝表章六萩。罢黜百家。司马迁锐气以名世自任。故列孔子于世家耳。世家赞之至圣二字。今泮宫神主。用以为孔子之号焉。仲尼弟子。胪为列传。今两应先贤。咸得从祀焉。于戏。孔子至圣。得太史公而益彰。安石何人。敢黜孔子为列传乎。安石之时。西夏方尊孔子为文宣帝。安石何不责史公。不列孔子为本纪耶。世家列传。文体略同。但名称不同耳。何用哓哓多辨耶。

五　史记十表创统计学之文体

史记为文人所传诵久矣。其传诵亦不过记传之文耳。年表则可备考证而不便于传诵。彼文人之无实学者。弗能摹仿其体裁也。郑夹漈曰。史记一书。功在十表。犹衣裳之有冠冕木水之有本源。王僧虔称其旁行邪上。体仿周谱。盖三代之遗法也。今历史新裁。尤以图表为重。实不能出史迁范围。观三代世表。则古今帝王统计也。十二诸侯年表。六国年表。则强大各国之统计也。秦楚之际月表。则因战局未定而变迁较多。不能不力求详密也。汉兴以来诸侯年表。高祖功臣年表。惠景间侯者年表。建元以来侯者年表。建元以来王子侯者年表。汉兴以来将相名臣年表。皆汉室之统计册也。或年为经而人为纬。或年为经而地为纬。丝连绳贯。开卷犁然。盖史法与历法相通也。今四裔编年表。皆各国大事。可见崖略。窃欲作光绪纪元各国月历各省月表。有志而不能就绪。始服史公之学。未易几也。

六　史记列传文体之奇特

史记列传体裁。皆有精意。冠以伯夷列传。诚龙门得意之笔也。其叙事皆以议论出之。为古人鸣不平之费。后之文人作史者。莫能得其仿佛焉。管晏同传。其道同其国同也。老庄与申韩同传。痛黄老之流为刑名也。至于屈原贾谊。异世而同传。则悲其遇合迁谪略相似也。刺客传杂于列传之间者。尊侠士以抑霸者耳。卫霍列传。次于匈奴。司马相如列传。次于西南夷。所以著开边之功也。后世列传。名臣最前。外国最后。失史公之精意。亦失文章之次第矣。循吏儒林酷吏游侠佞幸滑稽。皆各为列传。方以类聚。物以群分。非精于判别而能若此乎。儒林之目。后世歧为文苑又歧为道学。儒离为三矣。而游侠犯禁滑稽游戏者。史臣皆不之记也。然史公精意所注。为绝笔者。则为货殖传。仲尼弟子。惟子贡互见。与范蠡白圭竞。即大学所谓生财有大道乎。呜呼。商不出则三宝绝。吾三复太史公之辞而悲之。

七　褚少孙裴骃司马贞张守节诸家增补史记文体

史迁自序。凡十二本纪。十表。八书。三十世家。七十列传共为百三十篇。汉书本传。称其十篇缺。有录无书。张晏注。以为迁殁之后。亡景帝纪。武帝纪。礼书。乐书。兵书。汉兴以来将相年表。月者列传。三王世家。龟策列传。传靳列传刘知几史通。则以为十篇未成。有录而已。驳张晏之说为非。今考日者龟策二传。并有太史公曰又有褚先生曰是为补缀残稿之明证。当以知几为是也。宋裴骃史记集解。唐司马贞索隐。皆笺注体。然司马贞补史记三皇本纪。援据详实。欲更史记篇次。亦自有条理。张守节正义。论史例顷涉附会。录谥法解则颇便检查。足补八书所未备也。

八　归震川评点史记之文体

前明归震川读史记。以五色标识。各为标识。不相混乱。若者为全篇结构。若者为逐段精彩。若者为意度波澜。若者为精神气魄。以例分类。以便拳服揣摩。号为古文秘传。此章实斋文史通义所笑骂也。章氏曰。归氏之于制萂。则犹汉之子长。唐之退之。百世不祧之大宗也。故近代时文家之言古文者。多宗归氏。章氏此言。似指望溪。且直斥归氏所谓疏宕顿挫。其中无物。遂不免于浮滑。开后人以描摩浅陋之习。虽然儒生执业。不可无实学。无实学则文理虽通。亦空文也。但初学文理。必使之有法可循。而后可以文从字顺。故修辞学亦为各国文学士所重。空疏之弊。皆不学之咎。非不文之咎也。近日史记菁华录评本。盛行于坊间。虽揣摩家所贵重。实胜于村塾古文远矣。

九　汉书仿史记之文体

东汉班固。继其父班彪之业。作汉书一百二十卷。盖史记终于汉武。自太初以下。阙而不录。班彪因之。演成后记。以续前篇。固乃断自高祖。尽于王莽。为十二纪。十志。八表。七十列传。勒成一史。目为汉书。盖仿虞书夏书商书周书之名。其文体异于尚书。全仿龙门旧例也。但不为世家。改书曰志而已。由汉高以至汉武。凡六世之纪传。全录史记原文。亦间有损益。宋人倪思撰班马异同。明人许相卿编史汉方驾。皆两录原文。互相校勘也。但校勘过密。失于烦琐耳。史记引左国。时有增删。汉书于史记亦然。且有移其先后。或自此篇移入彼篇者。合二书读之。知迁固著述。各有精神。史记卫霍传。附录诸将。班氏则各为专传则郑夹漈讥班氏之尽窃迁书。亦言之过激矣。

十　汉书地理志之文体

汉书十志。为史记八书所未及者。班固创地理志蓺文志也。若五行志则不足论也。已于群经文体中辨之史迁周游广览。非不能作地理志者。必待班氏而始创前例。则后人之法恒密于前人也。班氏汉书乃断代之史。其地理则上溯禹贡周官者。明前人作史所未有也。秦人分海内为四十郡。惜萧何收图籍后。未尝撰秦地理志以贻后世也。汉北拓朔方。南并岭粤。东收乐浪。西辟燉煌。广九州为十三部。班固能详考郡县建置之始。户口多寡之数。凡秦政旧迹。王莽新名。皆胪列不遗。而名山大川。亦附见于注文焉。侯国领县。亦从兹例。西汉之世。去战国未远。各国遗民。畛域未化。犹自成风气。故班固附论于篇末。盖欲混同各国之旧俗。俾言郡国利病者可考也。班氏创此文体。可谓特识过人矣。吾独惜其有地志而无地图。独未为精备焉。国朝汪迈孙之汉书地理志校本全祖望之稽疑钱玷之斠注吴卓信之补注皆专门之绝学不仅为寻常文字之校雠

十一　汉书艺文志之文体

汉自武帝建藏书之策。成帝时颇散亡。使谒者陈农求遗书于天下。诏刘向校经传诸子诗赋。任宏校兵书。尹咸校数术。李柱国校方技。每一书已。向辄条其篇目。撮其旨意。录而奏之。向卒。哀帝复使其子歆继其事。歆于是总群书而奏其七略。故有辑略。有六蓺略。有诸子略。有诗赋略。有兵书略。有术数略。有方技略。班固删其要为汉书蓺文志。三代之旧籍。凡再见于秦火之后者。咸赖此编以存其目焉。王伯厚辨章学术。考镜源流。汉书蓺文志考证十卷。折衷群言得失之故者。附刻玉海之后。后世七略之目。变为经史子集四部。目录之体。遂一变而不可复矣。郑樵痛诋班氏。然蓺文略亦不能不取法于向歆。章实斋校雠通义。所以有宗刘郑之篇也。抑吾窃有感者。今日执政之臣。凡六部所不及者。

不得不增设外部商部。著述之事。今日亦非昔比。吾欲于经史子集四部之外。设外部也。

十二 汉书西域传文体

汉书西域传最详实。龙堆以西。葱岭以东。凡数十国。多史记大宛传所未及。每国各记其去阳关若干里。去长安若千里。户口几何。胜兵几何。凡其国王之所治。及其道途山川风俗物产。皆胪列焉。虽西域传。实西域志矣。此体与地理志同。非寻常文墨之士。可操其作传之才。以作此也。班超投笔万里外。取封侯印。班氏于西域全势。无不实验。故其为书。足以信其时传于后。其文体之整洁。尤为后人所不易及。颜师古注其训诂。而略其地名。盖知其难也。国朝徐松以事戍新疆。著汉书西域传补注二卷。则得诸身历也。迩来西域图考之类。著述日多。推求日密。魏默深龚定庵何愿船诸钜子之。后惟洪文卿考证尤详。盖兼采西文地图。以资印证也。今天山南北路。犹为新疆府厅州县所治。而浩汉爱乌罕。皆见胁于强敌。东西布鲁特。左右哈萨克。相继画于境外焉。读汉书西域传。重余悲矣。

十三 班昭续成汉书八表并天文志之文体

班固从窦宪北伐匈奴。登燕然山勒铭而回。故坐宪党以罪诛。八表天文志皆未成。和帝诏其妹昭。就东观藏书踵成之。贤哉昭也。不仅昌明女学。垂女诫以训后世也。后世尊之曰曹大家。诚为文史之大家矣。作史惟纪传较易书志甚难。而表谱则尤难。天文志则志之最难也。今日士人皓首穷经。有不辨经星常宿者。何况妇女失学。有终身不识一字者乎。王侯功臣百官公卿等表。虽仿法史记。然昭宣元成哀之事。史公盖不及见。而有待于后人也。古今人物表。举书契以来之人物。区分九等。既无汉人而附于汉书。诚不可解。刘知几谓古今人物表。抑包忆载。旁贯百家。其言甚高。其义甚惬。则誉之太过。郑夹漈则谓其强立差等。他人无此谬也。又抑之太过。杨升庵亦谓其自乱其体。其言最允。虽然班昭一女子。能知西汉以前人物之多如此。后人读史不熟。能举汉以来人物而立差等乎。女学久绝。蔡中郎有志续汉书。亦陷于董卓党祸。其女文姬才似班昭。不克随其父黼黻浑仪。载之篇章。而女学之明天算者益尠矣。

十四　后汉书纪传后附论赞之文体

南朝刘宋时。范蔚宗撰后汉书。本纪十卷。列传八十卷。别有后汉书论赞五卷。后人以论赞散于纪传之后。故刘知几曰。马迁自序后。历写诸篇。各叙其意。既而班固变为诗体。号之曰述。蔚宗改彼述名。呼之以赞。固之总述。合在一篇。使其条贯有序。蔚宗后书。乃各附本事。书于卷末。篇目相离。断绝失序。夫每卷立论。其烦已多。而嗣论以赞。为黩弥甚。亦犹文士制碑。序终而续以铭曰。释氏演法。义尽而宣以偈言。由此观之。知几时论赞已附纪传之后矣。夫史记太史公曰云云。大抵补纪传所未及。非有意重复。自蔚宗作俑。唐人史记索隐。亦赘以述赞矣。蔚宗之书。创为后纪。与帝纪并列。而传中又兼采风俗通抱朴子之文。以腾异说。实乖正史之体。然范氏之先。若刘珍之东观记。谢承薛莹华峤谢沈袁山松之书。今并无一存者。必范氏著述。博赡过于余子乎。或范书浮薄近俗。而浅人易入乎。马班复起。当不谓然。蔚宗盖有文才而无史才。实为晋宋诸史导先路矣。

十五　司马彪续汉书志之文体

隋书经籍志。载司马彪续后汉书八十三卷。唐书亦同。宋志惟载刘昭补注后汉志三十卷。而彪书不著录。是宋时仅存其志。故移以补后汉书之阙。今并入后汉书后纪之后。列传之前。题曰梁剡令刘昭补并注。

惟刘昭序称司马续书。总为八志。历律之篇。仍乎洪邕之所构。车服之本。即依董蔡之所立。仪祀得诸往制。百官就乎故簿。并借据前修以济一家者也。彪书既并入后汉书。其目录不知为谁氏所订。一志分为数卷。一卷又分列细目。如律历志上分列律准。候气。律历中。分列贾逵论历。永光论历。延光论历。汉安论历。熹平论历论月蚀。律历下分列历法。礼仪志则分列各节各祠。郡国志则分列各州各郡。其余诸志亦然。其近于繁琐。为史法家所议。然作者便于编辑。读者易于观览。厥后司马温公通鉴目录。即仿此体也。一部廿四史。从何处说起。吾欲详列目录。以贻初学。则有志而未逮也。宋人熊方补后汉书年表十卷。国朝钱大昭后汉书补表八卷。侯康补后汉书艺文志四卷。皆当援司马彪刘昭之例。增入后汉书也。

十六　三国志文体之创例及正统所在

晋陈寿撰三国志六十五卷。凡魏志三十卷。蜀志十五卷。吴志二十卷。名则志而体则传也。今三国志列于正史。而魏蜀正统。犹争持而未决也。朱竹垞作陈寿论曰。王沈则有魏书。鱼豢则有魏略。孔衍则有魏尚书。孙盛则有魏春秋。郭颁则魏晋世语。之数子者。第知有魏而已。寿独齐魏于吴蜀。正其名曰三国。以明魏不得为正统。其识迥拔乎流俗之表。朱氏此论。最为平允。陈寿生迁固以后。独创斯体。不可谓非良史之苦心。彼习凿齿作汉晋春秋。特以东晋偏安。借尊蜀以自尊耳。北宋检点篡柴氏。则温公之通鉴帝魏。南宋偏安。则朱子之通鉴纲目又帝蜀焉。呜呼。偏安之国。不能与五胡女真战胜于中原。规复禹甸。其文士乃日日著书争正统焉。与夜郎自大何异乎。彼汉光武唐灵武之中兴。虽不争正统而正统自在也。

十七　裴松之注三国志之创例

唐颜师古之注汉书。章怀太子贤之注后汉书。皆明原书之诂训而已。未尝于原书有所增益也。刘宋时。裴松之注陈寿三国志。乃博考群编。掇三国轶事。自创一体。其上三国志注表曰。其寿所不载。事宜存录者。则罔不毕取以补其阙。或同说一事。而辞有乖杂。或出事本异。疑不能判。并皆抄内。以備异闻。若乃纰缪显然。言不附理。则随违矫正。以惩其妄。裴氏之例如此。其所征引。如献帝起居注英雄记曹瞒传之类。今无存焉。读其文并可考其事。卓哉裴松。非陈寿之功臣。而陈寿之益友也。晋书以后。纪载日繁。故为史注者鲜矣。然三国志最阙漏者。莫如表志。国朝洪亮吉三国疆域志。侯廉补三国艺文志。洪齮孙补三国职官表。其致力等于裴松。终当收入正史也。

十八　读史勿为四史所限

吾论四史文体。吾不甘为四史所囿也。吾见溺于时文者。为二帝三王所囿。凡战国以后帝王。或不辨先后焉。吾见证经义。考史法。习古文。撷骈雅者。为两汉三国所囿。凡两晋五胡十六国竞争之烈。或不能详说焉。夫史汉三国之文信美矣。采春华而忘秋实。虽能明古训。识古字。执古义以通群书。或举古例以绳诸史之短。曾何贵乎。故依读史之次第而言。亦先读四史。然卷帙繁重。皓首靡穷。况揣摩文体者。得其一篇。亦可咿唔数日。是特玩物丧志而已。昔班固赞史迁。不过曰辨而不华。质而不俚。不虚美。不隐善。故谓之实录。今人不求其实。而求其文。虽马班陈范复生。亦为责其不类。故论次四史。而极言文士之弊。原学者博考乎图史。以成有用之文焉。

第十一篇　诸史文体

一　晋书文体为史臣奉敕纂辑之始

晋书首列唐太宗修晋书一篇。刘知几亦谓贞观中治前后晋史十八家。未能尽善。敕史官更加纂撰。自是言晋史者。皆弃其旧本。竞从新撰。然唐人所撰类书注释。每称引王隐虞预朱凤何法盛谢灵运臧荣绪沈约之书。与夫徐广干宝邓粲王韶曹嘉之刘谦之之纪。及孙盛习凿齿檀道鸾之著述。则晋书虽成。固已不惬众论也。今晋书帝纪十卷。志二十卷。列传七十卷。载记三十卷。总一百三十卷。惟陆机王羲之两传论皆称制曰。盖太宗亲御丹铅之文也。呜呼。晋室之衰。皆尚文艺工书法之故耳。唐人因刘元海与高祖渊同名。不敢加贬语。则以为符瑞焉。是以史臣曰。元海人杰。又曰策马鸿骞。乘机豹变。何颂飏若此之甚乎。东晋九分天下而有其二。曾不足三分之一。乃地理志依然若统壹之宇内焉。国朝洪亮吉撰东晋疆域志。十六国疆域志。晋室分崩离析之象。如观掌上矣。可不惧乎。

二　宋书文体皆因前人之作

宋书百卷。凡帝纪十卷。志三十卷。列传六十卷。齐永明中沈约奉敕撰。今本题曰梁沈约撰。以约仕终于梁。从隋书经籍志之旧也。当时作史者有何承天苏宝生徐爰之徒。何承天不但明于。文史。且习于星历。惜其年不永。惟纪传及天文律历两志。犹出承天之手。苏徐以后。大端毕备。沈约不过因人以成事耳。永光以后。不免迁就。以合时君之旨。虽自谓创立新史。取舍是非。未必皆当。又况喜造奇说。以诬前代。如王邵所讥耶。姚察称其高才博洽。名亚迁董。要非此书定论。其地志于侨置州郡。及创立并省之故。多不详其年月。亦惟疏略。惟礼志合郊祀祭祀朝会舆服。总为一门。以省支节。乐志详述八音众器及鼓吹铙歌诸乐章。以存义训。则宋书文体之详赡者也。

三　南齐书文体多谀辞

南齐宗室萧子显仕梁。撰南齐书五十九卷。八纪。十一志。四十列传。以故事多附会。辞多溢美。初江淹已为十志。沈约又为齐纪。而子显自表武帝别为此书。刘知几曰。子显虽文伤蹇踬。而义为优长。为序例之美者。今考此书。良政高逸孝义幸臣诸传皆有序。而文学传独无叙。殆亦宋以后所残阙欤。曾巩则讥其喜自驰骋。刻雕藻缋之变尤多。而文益下。洵非诬也。江淹知作志之难。然南齐书志天文。但记灾祥。志州郡不著户口。律历志则阙焉而不能作。虽有志何足贵乎。况祥瑞五行。附会图谶。几于以操懿丕炎之行。为放动重华之道。魏虏列传。仿宋书索虏而衍之。肆口相讥。不能深悉其国情。以图恢复。江左宴安者。不以中原为事。情见乎辞矣。

四 梁书陈书文体成一家之言

两汉著作之盛。如司马氏之谈迁。班氏之彪固。皆父子相继而成也。梁史官姚察。仕于陈。官至吏部尚书。隋高祖问以梁陈之事。因为书。未就而卒。子思廉能世其学。唐武德贞观间。诏思廉与魏徵同撰梁书陈书。今本惟题思廉不及徵。意者徵但领史馆而不暇撰述耳。今按梁书六本纪。五十列传。合五十六卷。陈书六本纪。三十列传。合三十六卷。惟未作表志。为其缺憾。不如马班远甚。但其排比次第。犹具汉晋以来相传之史法。要异乎取成众手。编次失伦者矣。姚氏父子。历事梁陈隋唐四代。律以今制。当传诸贰臣。然国虽亡。史臣必不死。夏太史终古之奔商。殷太史高势之奔周。皆因一代图籍所在。不忍湮灭也。何可以责姚氏乎。然思廉撰陈书。列其父姚察之传于江总之后。殆雅慕江总之文辞乎。由今日观之。是犹自投于浑浊也。

五 魏书文体惟官氏志最要

魏书十二纪。九十二列传。十志。凡一百一十四卷。北齐魏收撰。收恃才轻薄。有惊蛱蝶之称。收之书为世诟历。号为秽史。其不足以传信明矣。初魏史官邓渊崔浩高允皆作编年之书。浩则以直笔婴大戮。其后邢峦崔鸿王遵业温子升之流。皆有撰述。魏收博访百家。包举一代。惟先列传而后各志。次第异于马班。失轻重之序。帝纪第一曰序纪。由成帝毛以逮昭成帝什翼犍。凡二十七世。仿史记为之。惟塞外传闻歧异。无征不信耳。其官氏志。言安帝统国诸部有九十九姓。其后往往易朔漠之姓为汉族旧姓。其姓之至今未改者。一尉迟氏而已。读魏书官氏志。令人悚然于他族偪处之惧矣。释老一志。亦为魏收所创。犹史记之封禅书乎。然终不宜溷之正史也。隋魏淡后魏书。惟存太宗纪一篇。唐张太素后魏书。惟存天象志二卷。魏收亡此二篇。后人乃取他书以补之也。

六　北齐书文体自成一家规模独隘

北齐书帝纪八。列传四十二。共五十卷。唐李百药奉敕撰。盖承其父德林之业。纂缉成书。犹姚思廉之继姚察也。北齐立国本浅。文宣以后。纲纪废坏。兵事俶扰。既不及后魏之整饬疆圉。又不及后周之修明法制。其倚任为国者。亦鲜始终贞亮之士。均无奇功伟节资史笔之发挥。观儒林文苑传叙。去其已见魏书及见周书者。寥寥数人。聊以取盈卷帙而已。是其文章之萎靡。节目之丛脞。固由于史材史学。不及古人。要亦其时为之也。一代兴亡。当有专史。典章沿革。政治得失。人材优劣。于是乎征焉。未始非后来之鉴也。

七　北周书文体欲复古而未能

北周书本纪八。列传四十二。合五十卷。唐贞观中。令狐德棻建议修梁陈周齐隋五史。而德棻专领周书。与岑文本崔仁师陈叔达唐俭共修之。当周隋时。柳虬牛宏。各有撰述。德棻多因循旧说。今本残阙甚多。多取北史以补之。刘知几于令狐之书多贬辞。谓宇文开国之初。事由苏绰。军国词令。皆准尚书。太祖敕朝廷他文悉准此。而令狐不能别求他述。用广异闻。惟凭本书。重加润色。遂使周室一代之史。多非实录云云。然知几论史。不知文质因时。纪载从实。周代既文章尔雅。仿古制言。自不能易彼古文。改从俪偶。知几之文。多习骈语。故不以令狐为然也。吾独讥令狐于周室一代典章。及仿周礼六官府兵之制之类。不能区为志乘。使后人有所稽考。则令狐之失。不能讳也。

八　隋书文体明备十志尤称精审

隋书帝纪五卷。列传五十卷。皆署唐魏徵等奉敕撰。志三十卷。介于纪传之间。皆署长孙无忌等撰。据刘知几史通。撰纪传者为颜师古孔颖达。撰志者为于志宁李淳风韦安仁李延寿令狐德棻。按贞观三年诏修隋史。十五年又诏修梁陈周齐隋五代史志。故隋书十志。皆不以隋代为限。梁陈周齐诸书之无志者。可借此以为考证焉其编入隋书。以隋居五代之末。非专属隋也。上接魏晋。条理一贯。律历志出于李淳风之手如南齐祖冲之减闰分。增岁差。其子程暅之复行之于梁代。其后宋景业李业兴甄鸾马显张宾张胄元之术。亦附见焉。北齐张子信言日行有人气差。刘焯因以立盈缩躔衰。非淳风不能言其详也。五行志不类淳风之笔。或云褚遂良所作。本四库提要经籍志述经学源流多舛。然四库部分。垂为后世定法。其中所列古籍。多不见于汉书蓺文志者。汉以后唐以前之著述。尤赖此备考证焉。兵志之作。又隋以来所未有也。唐书以来皆沿其例乎。

九　南北史仿史记纪传之文体

唐显庆中。李延寿抄撮其近代诸史。南起自宋终于陈。北起自魏终于隋。南史八十卷。北史一百卷。号曰南北史。初魏书谓南朝曰岛夷。宋书谓北朝曰索虏。各内其国。未有折衷。今观南史本纪中删其连缀诸臣事迹。列传中多删其词赋。盖意存简要。殊胜本书。然宋齐梁陈九锡之文。符命之说。告天之词。皆沿袭浮夸。仍芟削未尽。且累朝之书。勒成通史。纪传之外。不能撰为表志。亦属阙典。其列传以姓为类。分卷无法。南史则王谢分支。北史则崔卢系派。故家世族。一例连书。览其姓名。则同为父子。稽其朝代。则各有君臣。岂知家传之体。未便施之国史乎。是不得援史记世家为例也。刘昶萧宝寅反复南北之间。二史互见。实不得不然。否则无可位置也。

十　新旧唐书文体之异同

五代石晋时刘昫奉敕撰唐书二百卷。本纪二十。志三十。列传一百五十。即旧唐书也。自宋嘉祐后欧阳修宋祁等。重修新书。刘昫旧书遂废。然旧本恒传述不绝。学者表昫之。长以攻修祁之短者亦不绝。刘昫之书。多因仍吴兢韦述于休烈令狐峘之旧。故具有典型。观顺宗纪论题史臣韩愈。宪宗纪题史臣蒋系。此因仍前史之明证也。长庆以后。史失其官。故多疏舛。昫亦无所因也。新书首进表以曾公亮为首。书中本纪十。表十五。志五十。题修名。列传一百五十。题祁名。本以补正刘昫之舛漏。自称事增于前。文增于旧。刘安世元城语录。谓事增文省。正新书之失。而未明其所以然。今按新唐书文体之足以上祧史汉者表之。宰相表以年为经。宰相三公三师为纬。朝政得失。一览可知矣。方镇表以年为经。地为纬。藩臣叛服。一览可知矣。宗室世系。宰相世系。稍觉繁衍。然史记以后。世家不作。欧公复古。诚为卓识。亦未可訾议矣。

十一　旧五代史文体仿三国志新五代史文体仿史记

宋开宝中。薛居正受诏修梁唐晋汉周书。是为旧五代史。凡百五十卷。目录二卷。为纪六十一。志十二。传七十七。多据累朝实录。及范质五代通录。故诸臣列传。或云事见某书。或云某书有传。盖梁唐晋汉周各为一帙。而合为一编。如三国志之例是也。其后欧阳修别撰五代史记。上拟龙门。皆刊削旧史之文。意主断制。尽列本纪于前。而历朝家人。历朝不事二姓之臣。自为一类。其特异者。如死事一行义儿伶官宦者诸传。皆创例也。特识也。非薛史所及也。唐六臣传杂传则近日二臣传之先声也。薛史世袭列传。替为列传。欧史易之曰世家。名合于古而意得其平矣。薛史尚有礼乐食货选举刑法职官诸志。欧公一例芟除。仅作司天职方二考。则不逮薛氏之详也。金章宗废薛史。专用欧史。元人因之。明人析薛史于永乐大典中。乾隆时复辑而出之。列于正史焉。

十二　宋史文体之繁舛

宋史四百九十六卷。在一部廿四史中。卷帙独繁。元托克托开史局。既集成众手。必检校难周。故柯维骐以来。多诋其舛误。其总目本纪四十七。志一百六十二。表三十二。列传二百五十五。然叛臣传后六卷。皆题曰世家。而总目未之及也。本纪第一行曰。太祖启运立极英武睿文神德圣功至明大孝皇帝讳匡允云云。已令读者不耐读。强记者不能记矣。大抵宋人尚卢文。元人亦因而录之。宋之宗室。不逮唐之繁衍。而宗室世系表倍于唐书。儒林列传之外更表异为道学传。然则道学或薄儒者而不屑为耶。吕祖谦蔡元定陆九渊。又何以不齿于道学耶。文苑传七卷。北宋已居其六卷。南宋仅周邦彦后一卷而已。循吏传则南宋无一人也。列传多载其祖父之名。而无事实。则似志铭之体。详官阶升转。又似履历之牍。然宋人板本风行。宋人著述。存于世者较多。核以宋史。事多歧异。然卷帙太多。校勘者亦不能尽举其失矣。

十三　辽史文体之简要

辽史一百有六卷。亦由元托克托撰。本纪三十卷。志三十一卷。表八卷。列传四十六卷。辽史不作天文志而作历象。最为特识。而官星之关于推步者。皆可入历志。彼前史之作天文志者。徒侈讥祥耳。游幸属国。虽见于本纪。仍列为表。部族虽见于营卫志。亦列为表。颇近于复。然表者取其类聚群分。一览而见。便于读者。又何可废耶。列传简明。故开国元勋耶律曷鲁韩延徽之功。其传不盈一卷。其他传或寥寥数行耳。天祚以后。辽亡于金。而西辽耶律大石犹帝制自为。数传亡于乃蛮。及元灭乃蛮。乃灭夏灭金。元人兼有西域。广土众民。而辽苞于域内。何以西辽偏安时代之记。曾不及南宋百分之一乎。托克托不旁征于徼外故也。辽人东通日本。西控波斯西突厥。今译土耳其惟仅得中原东北一隅。

不读辽史。而仅阅俗本纲鉴者。不知辽之全势盛于金也。厥后金源蒙古。有志于中原。皆造攻自辽。辽失而中原随之矣。谓予不信。曷取辽金元三史读之。历鹗辽史拾遗考据亦详

十四　金史文体中交聘表最善

金史一百三十五卷。亦元托克托撰。本纪十九卷。志三十九卷。表四卷。列传七十三卷。其文体足法于后世者。则交聘表是也。表起于太祖收国元年。以年为经。以宋夏高丽三国为纬。迄于金国之亡。凡三卷。当日和战大局。一览可知。要言不烦。多切中事理。今日交涉日多。则此体诚不可少也。近日有钱氏蔡氏两家所撰交涉表良史特识。不让迁固矣。至于历志则采赵知微之大明历而兼考浑象之存亡。礼志则掇韩企先之大金集礼。而兼考杂仪之品节。河渠志之详于二十五扫。百官首叙建国诸官。元元本本。具有条理。食货志可证宋金互市江浙。以茶易河南之丝。今昔物产迥异。皆足以益人智识。其纪传之详略得宜。犹余事也。虽有小疵。弗可贬矣。

十五　元史文体多疏舛

元史二百十卷。明洪武二年李善长表进。宝宋濂等修之也。卷首有纂元史凡例。谓本纪准两汉史。志准宋史。表准辽金史。列传准历代史。惟不作论赞。亦非毫无意例志者也。总目本纪四十七卷。志五十三卷。表六卷。列传九十七卷。按明初得元人十三朝实录。为纪传史料。又得虞集经世大典。于元之一代典章粗备。惟初开史局仅八月。重开史局仅六月。以年余之力。欲尽得元室雄才大略而书之。不可得矣。太祖纪世系。尚不及元朝秘史蒙古源流之详。太宗宪宗威行西北。震耀欧洲。而本纪所书。不及元史译文证补之半。地理志西北地附录。毫无诠释。必待今日欧亚大通。转借俄罗斯文阿剌伯文考证之。洪文卿之书。所以得

前人未有也。诸王表但载封号印纽。不言封地大小远近。亦失其轻重矣。若仿辽金史。尚宜作部族表。属国表。交聘表。宋濂不能为也。钱辛楣元史氏族表三卷。补元史蓺文志四卷。皆当收入正史也。列传中速不台雪不台一人歧为二传者有之。诚前史所无之巨谬。四法薛齐名。赤老温独无传。不知何意。汪氏辉祖有元史本证。固宋濂诤友也。

十六　明史文体集史裁之大成

明史三百三十六卷。经国朝圣祖世宗高宗三朝敕修。虽首命试馆臣彭孙遹等五十人。继而因王鸿绪。明史稿增损之。终成于张廷玉之表进。其间后先其事者。名臣大儒。盖以百计。伟矣哉史之至交也。至于历志用图。实出梅文穆公手定。创前史所未有。且明之大统。出于元之授时。为中法之最精者。得借以传诸不朽焉。某总裁无识。欲去图存说。以复古体。不亦愚乎。见梅氏丛书赤水遗珍蓺文志断自洪武。虽为创体。然刘知几已言之矣。七卿表亦创体也。明废左右丞相。政归六部。而都察院纠察百司。为任亦重。故合而七也。列传创新例者三。曰阉党。曰流贼。曰土司。明季士大夫之谄附权珰。小民之困于闯献。皆前古所未有。土司即古羁縻州。明史列羁縻卫所于兵志。而以土司之隶于各布致使司者。为土司传。与内地异。又与敌国异矣。三藩纪载。悉秉大公。死事诸臣。咸予嘉谥。朱明之裔。列爵等于宾恪。此则自有史乘以来所未有也。

十七　编年文体温公通鉴似左氏朱子纲目似公谷

编年之书。自荀悦汉纪袁宏后汉纪以后。惟资治通鉴二百九十四卷为大宗。温公竭十九年之力。正史之外。采杂史二百二十二种。其残稿在洛阳者盈两屋。非掇拾删并者所能为也。同馆刘攽刘恕范祖禹皆通儒硕学。非空谈心性者。故网罗宏富。体大思精。上起战国。下终五代。凡名物训诂典章制度象纬方舆。皆非夙学不能通。胡三省之注。所以珍重于世也。温公别为通鉴考异。通鉴释例。通鉴目录。生平精力。固尽用于此矣。朱子因通鉴作纲目。如坐堂皇决功罪。秉笔褒贬。自拟春秋。元明儒者亦以春秋拟之。莽大夫晋征士。几为千古之定论焉。温公任其难。朱子因其易矣。李焘以来续通鉴者数家。毕秋帆之书出。宋元明之续通鉴者。皆可废矣。纲目则有金履祥前编明商辂续编附于朱子以行焉。观通鉴事实详明如左氏。纲目之例最严。而事实多疏。则公谷之流亚也。圣祖御批。宸谟独断。则麟经以后之特笔也。

十八　三通文体之异同

三通文体。皆通贯古今。为诸史之纬。政典所在。为从政者所宜读。此史学家为己之学。异于略涉纪传者。批评文章。泛论事实也。唐杜佑作通典一百卷。长于说礼。其源出于周官。今好古者皆通其书。宋郑樵作通志。四库列于别史。然纪传皆无足观。惟二十略。最为简略。元初马端临作文献通考三百四十八卷。贯穿前史表志。兼综群书。体尤明备。力不足读全史者。读温公通鉴及马氏通考。亦足以通古今矣。乾隆三十二年敕撰续三通。皇朝三通。虽各有体要。仍不免重规叠矩。近人多读文献通考续通考皇朝通考。大端已可概见。乐简易者又为三通考辑要以便观览焉。古人读书有提要钩元之法。则辑要又何以菲薄耶。若时务通考之类。则风斯下矣。

第十二篇　汉魏文体

一　贾山至言为上皇帝书之创体

汉高帝时。元勋如萧何张良。文学如随何陆贾。皆未有言事之书疏著于世。施及孝文。颍川人贾山。始上书言治乱之道。借秦为喻。名曰至言。宋儒真西山文章正宗。所以称为汉高以来所未有也。王伯厚曰。山之才亚于贾谊。其学粹于晁错。明人唐荆川乃言其文去战国未远。有奇气而不用绳墨。今观其闳论切喻。波澜层出。笔力所至。自成法度。于直言极谏之中。有温和绵密之气。西汉文继战国策后。一变其嚣张谲辩。归于纯正。所以开一代之风气也。其言甚长。其最要者曰。今方正之士。皆在朝廷矣。又选其贤者。使为常侍诸史。与之驰敺射猎。一日再三出。臣恐朝廷之解弛。百官之堕于事也。诸侯闻之。又必怠于政矣。呜呼。诚杜渐防微之名论。邦有道之危言也。

二　贾谊陈政事疏之文体为后世宗

汉文帝时。雒阳才子贾谊为博士。时年二十余。超迁大中大夫。将更定制度。绛灌害其能。以为长沙王传。又为梁王传。王死。谊亦自伤死。谊之文最著者为过秦论。司马迁班固皆取其文为谕赞。近日桐城派之古文辞类纂。阳湖之骈体文钞。皆录其文。诚古今所共赏。称美者无异辞焉。然过秦论在当时。亦成陈迹。惟陈政事疏。因匈奴侵边。诸侯潜拟。欲匡建大略。所云臣窃惟事势。可为痛哭者一。可为流涕者二。可为长太息者六。何深切之至乎。谊之天姿极高。议论极伟。其大计在遏乱萌而厚风俗。文帝虽不能用。然谊之身后。汉有变故。仍赖其遗策以图治安。五千余言。痛切详尽。为古今敢言之士所宗。宋儒张栻讥其激发暴露。少年英锐之气未除。不知贾生之所独为千古者。有此英锐之气耳。南宋偏安。安得有此英锐之气乎。贾生鹏鸟赋吊屈原文。则词赋家所重也。谊之曾孙捐之请弃珠崖对苏东坡谓其言施之当时则可汉末至五代中国避难之人多家于此岂可复弃故举以为弃地者戒

三　晁错言备边诸书文体近似管子孙武子

颍川晁错于汉文帝时为太子家令。号曰智囊。数上书言事。景帝时为御史大夫。建议削诸侯地。吴楚反被诛。其上言兵事书。唐荆川推许其文最古。似孙武子。今读其文如云战胜之威。民气百倍。又云兵不完利。与空手同。甲不坚密。与袒裼同。弩不可以及远。与短兵同。射不能中。与亡矢同。中不能入。与亡镞同。皆深明利弊之语。错又胪举匈奴之长技三。中国之长技五。而兢兢于兵凶战危之戒。非孔子所谓临事而惧者乎。错又有请募民实塞奏。能以秦为鉴。又有请立边民什伍法奏。则合于管子之制焉。晁错诚奇士也。能兼通法家兵家之长而致用矣。惜贵粟一奏。令人粟者。得以拜爵除罪。流弊至今。而捐实官捐开复者。视官途若商市焉。不得不归咎晁错之作俑矣。

四　枚乘七发与谏吴王书文体略同

曹子建谓昔枚乘作七发。传毅作七激。张衡作七辩。崔骃作七依。

辞各美丽。今读文选枚乘七发八首。说七事以启发太子。犹楚辞七谏之流也。枚叔以淮阴少年。为吴王濞郎中。善属辞。濞谋为逆。乘奏书谏。及吴灭。由是知者。召拜宏农太守。病免。武帝即位。以蒲轮征之。道卒。林希元谕其谏吴王书曰。此书当吴王逆谋未露之先而谏之。故全不露出事情。而长喻远譬。曲尽利害。文字起伏变化。意态横生。真古之善言者。传甲按七发词藻虽繁而旨归最正。抗言说论。穷极精微。七发之卒章曰。孔老览观。孟子持筹而算之。万不失一。此亦天下之至言妙道也。由此观之。枚乘盖明算而学于孔孟者也。其学如此其博。其识如此其通。后人仅以文士目之。乌足以知枚叔乎。

五　董仲舒明经术文体为策对正宗

西汉有大儒焉。曰董仲舒。治公羊氏春秋。孝景时为博士。下帷讲诵。非礼不行。学者皆师尊之。武帝即位。举贤良文学之士。仲舒以贤良对策。首对言天人相与之际。求王道于春正。盖承天意以从事也。次对言必称尧舜。其旨在兴太学。求明师以养天下之士。数考问以尽其材。则英俊可得矣。三对言诸子不在六经之科孔子之术者。皆绝其道。勿使并进。邪辟之说灭息。然后统纪可一。而法度可明。民知所从矣。汉武表章六艺。罢黜百家。董子之力也。刘向谓仲舒有王佐之才。虽伊吕无以加。管晏之属。伯者之佐。殆不及也。班固谓仲舒遭汉承秦灭学之后。六经离析。下帷发愤。潜心大业。令后者有所统一。为群儒首。朱子于汉儒少许可。惟董子所谓道之大原出于天。则引之以证中庸焉。

六　淮南子文体似吕览

汉高帝子淮南厉王长以反徙严道死。文帝感民间尺缯升粟之歌。使其子安袭封。安好书。天下方术之士。咸往归焉。于是遂与苏飞李尚左吴田由雷被毛技伍被晋昌等八人。及诸儒大山小山之徒。共讲论道德。

总统仁义。著书曰鸿烈。是为淮南子。后以逆谋自杀。其书之旨似老子。其书之体似吕览。大抵取周秦旧籍。掇拾排纂。如天文训地形训之类。皆宋人事类赋八面锋所师资也。非果能通达天地也。淮南之学。既出于老氏。故武帝建元六年。遣王恢韩安国将兵击闽越。安上书切谏。为后世文臣不勤远略者所借口。然汉武卒定闽越者。不为辨言所惑也。然其文之明切雅健。则不易及。其书或出于门下游士所捉刀。亦不可知。盖文士之文。各有面目。而富贵中人所为文。多由于代拟。其文之本来面目。不可得见矣。

七　汉武帝时文学之盛

汉武帝时。武功耀海寓。临安菑严安主父偃。无终徐乐。俱上书言世务。严安一书。言武帝靡敝中国。结怨夷狄。而其后则谓郡守之权。非六卿之重。隐然有汉末割据之虑。徐乐言天下之患。在于土崩。不在瓦解。造语尤奇凿。主父偃所言九事。其八事为律令。一事为谏伐匈奴三书体格不同。意则吻合。史传备录其文。非以其切于吴乎。至于滑稽之士。亦多进说言。若司马相如之谏猎疏。东方朔之谏起上林苑书。謇謇谔谔。能因事几谏。亦茂陵文德之佐助也。世人徒采其客难之文。子虚之赋。是弃秋实而采春华矣。苏武李陵。或生还。或生降。其文辞皆萧萧有塞土音。至今传诵不绝焉。枚皋吾邱寿王之流。以文采见重于时者。尤不胜偻指数。龙门一史。传信千古。亦躬逢建武之盛焉。其文体已详前篇。兹不再赘。

八　汉宣帝时书疏之文体

汉武帝晚年。托孤子于不学无术之霍光。盖知浮华之文士。不可以任大事也。昌邑王入承大统。动作亡节。王吉谏疏切直。其旨同于伊训说命。其辞亦可与相如并驱。宣帝时外戚许史贵宠。王吉亦上书言得失焉。是时路温舒之上德缓刑书。魏相之谏伐匈奴书。皆经世之名言也。赵充国好学兵法。而所上屯田三奏。罢兵留屯。为经久之计。以待先零之敝。老成谋国之忠智。于此可见。其文亦仿佛孙吴。西汉文士。莫能道也。及诸羌降散。振旅而还。勋业炳于青史焉。张敞治春秋者也。上霍氏封事。则援仲尼之讥世卿。劾黄霸奏。则类春秋之责贤者。敞上书入谷赎罪。则为萧望之之议所格。大抵汉文之纯厚者。无不本之于经术。昭明文选。于此多略而不采焉。王褒圣主得贤臣颂。语多绚烂。自是斧藻润色之文。林希元曰。此世道所由泰也。传甲亦曰。此汉之所由衰也。文体卑矣。杨恽报孙会宗书。以诽谤弃市。文字之狱。于此起焉。呜呼。汉之德衰矣。

九　元成哀平之文体匡衡刘向刘歆扬雄为大宗

元帝之初。闻贡禹明经洁行。征为谏大夫。禹因事进言。若循古节俭奏。言风俗书。皆纯粹而明密。元帝好儒行。能用匡衡为相。所上政治得失疏。治性正家疏。皆如宋人谭理之语。成帝即位。衡上书戒妃匹劝经学。上纳其言。匡衡不旌甘延寿陈汤矫制之功。谷永杜钦耿育皆上书讼之。刘向上疏请封。识过于衡远矣。成帝无嗣。政由王氏。刘向极论外家封事。其言激切。读之令人酸鼻。翼奉之应直言封事。梅福之言王氏书。哀帝由藩国嗣统。追尊定陶共王为共皇。立庙京师。师丹之议。得礼经本旨。其言不用。故后世濮议与献议。纷如聚讼。且兴大狱也。王嘉鲍宣。极论董贤之幸。哀帝亦不之省。汉之朝政如此。何异于桀纣幽厉之时耶。扬雄刘歆为西汉之末。文章大宗。雄之太元拟易。法言拟论语。几欲自圣于宣圣之后。剧秦美新千秋遗臭。或因莽谦恭下士而失身耶。刘歆为向之哲子。汉之宗室。领校秘书。乃为莽之国师。孔光为阙里圣裔。亦附莽焉。可谓人心尽死矣。文学虽盛。未足道也。哀平之际。文有实用者。仅贾让治河三策耳。其余无足道也。

十　光武君臣长于交涉之文体是以中兴

光武御制之文。敕冯异。报隗嚣手书赐窦融玺书。与公孙述书。观其驾驭英才之略。周旋列强之际。庙算明远。交际文牍之最优者也。读窦融责让隗嚣书。见事勇决。措辞英敏马援与隗嚣将杨广书。婉语周详。陈义恳切。朱浮与彭宠书。谕以大义。动以利害。雄快劲直。耸然可听。班彪乞优答北匈奴奏。则深沈有大略。不愧为应变之才矣。光武既明于外交之道。和战之机宜。又得诸贤以佐助之。其致中兴也宜矣。其内治之整饬。如桓谭之上时政疏。杜林论增科疏。张纯正昭穆疏。郑兴日食疏。大旨重本抑末。尊祖敬天。其文皆泽以经术。有渊古之色。亦见中兴之气象矣。

十一　明章以后之文体

明帝因获宝鼎。下诏禁章奏浮辞。故东汉盛时。文体皆质实纯厚。章帝时第五伦论窦氏书。防微杜渐。深切著明。其劝成风德疏。文亦简切。韦彪置官选职疏。明于大体。不矜小慧。孔僖上章帝自讼书。则直词不挠。学识不愧为圣裔。何敞谏用窦氏疏。虽昌言无讳。然意在保全贵戚。非抨击也。徐防五经章句疏。力矫诸儒私家意见。尤为汉儒所难。和帝时鲁恭谏盛夏断狱疏。循吏之文。仁言利溥。恭弟丕经术疏。文亦浑朴。崔骃学有伟才。与班固传毅齐名。崔驷诫窦宪书。交浅言深。忠告恳至。其子瑗孙宝皆能世其学焉。安帝时樊准劝兴儒学疏。陈忠谕丧服书。皆典质不饰。翟酺谏外戚疏之明切。虞诩请复三郡书之精警。左雄上顺帝陈吏事疏。洞悉利弊。郎觊上灾异封事。造语精核。不见其繁缛。顺帝时李固之灾异策对。其切直亦似之。终见杀于梁冀。冲质之间。梁石临朝。皇甫规对策。披沥直陈。亦足见东汉之气节焉。

十二　张衡天象赋两京赋文体之鸿博

两汉作赋之才。几于斗量车载。求其通天纬地之文。兼制器尚象之巧者。张平子一人而已。其天象赋。识过于杨子云。其两京赋。才埒于班孟坚。衡多学术。安帝雅闻其名。公车征拜郎中。再迁太史令。衡乃作浑天仪。著灵宪算罔论。复造候风地动仪。施关发机。验陇西地震。其时不爽。世人皆殿其妙。作赋乃其余事也。崔瑗撰衡之碑文曰。数术穷天地。制作侔造化。岂溢美哉。后世盛称平子之赋。而不究平子之学。唐初王勃之流。所赋天象。已不逮兹。下此则征引事类。而未窥悬象。无异扣盘扪烛以为日曜矣。国朝阮文达公拟平子天象赋。蔚为钜制。公固深明畴人之术者矣。日本多地动因祀张衡近人有谓平子地动仪即西人地动日静之说者则附会矣地球绕日中国旧所谓地有四游是也

十三　马融郑康成经学家之文体

西汉儒林。自丁宽施讐孟喜梁邱贺以至房凤。凡二十有五人。惟韩婴之外传。文体自成一子。东汉儒林。自刘昆洼丹以至蔡元。凡四十有二人。其文体亦无从考论。惟马郑二子。卓然为经生之巨擘。融才高博洽。为世通儒。所上广成颂。东巡颂。渊然为清庙明堂之品。著三传异同说。注孝经论语诗易三礼尚书列女传老子淮南子离骚。所著赋颂碑诔书诗。凡二十一篇。融善鼓琴。好吹笛。高堂绛帐。侈丽自逸。已开魏晋文士浮艳之习。失身梁冀。为庄士所羞称。郑君文采。不逮其师。而质实胜之。隐居著述。号为纯儒。迄今诗礼之学。皆以郑君为归。康成诗谱序论风雅之正。及懿王夷王以下。变风变雅。嗟哉。郑司农盖太息痛恨于桓灵也。诗谱编年。郑君有春秋之意焉。伤世乱也。

十四　汉末党锢诸贤之文体

汉桓灵之间。主荒政谬。国命委于阉寺。士人羞与为伍。故匹夫抗愤。处士横议。遂乃激扬名声。互相题拂。自甘陵周福。有南北部党人之议。宗宾岑晊。起自掾吏。权埒太守。是时大学诸生三万余人。郭林宗贾伟节为之冠。并与李膺陈蕃王畅。更相褒重。为天下模楷。危言深论。不隐豪强自公卿以下。莫不畏其贬议。一时文体丕变。无不劲爽峭直。发扬蹈厉。不在其位。而谋其政。术士张成。以风角交通宦官。乃诬李膺养大学游士。交结诸郡生徒。更相驰驱。共为部党。诽谤朝廷。疑乱风俗。于是天子震怒。逮捕党人二百余。因窦武之请。赦归田里。禁锢终身。然海内希风。共相标榜。三君八俊八显八及八厨。自拟于人元八恺。及陈蕃实武诛宦官曹节。不克而死。厥后有司希宦寺意旨。因张俭重兴大狱。其能免于死者。惟郭泰一人耳。郭泰闻党人之死。恸曰。人之云亡。邦国殄瘁。呜呼。唐之清流。宋之伪学。明之东林。何不幸于亡国之秋。摧残士类也。

十五　蔡邕中郎集多碑志为谀墓之始

集之名始于东汉荀况。存于今者蔡中郎集最著。王深宁曰。蔡邕文今存九十篇。而墓铭居其半。曰碑。曰铭。曰神诰。曰哀讚。其实一也。自云为郭有道碑。独无愧辞。则其他可知矣。其颂胡广黄琼。几于老韩同传。若继成汉史。岂有南董之笔。今观其司徒文烈侯杨公碑。多引典谟成语。苍劲高洁。非若晋宋以下之菜铺藻饰也。邕之立朝。上灵帝封事。谏伐鲜卑议。并湛深经术。通达时务。绝似西汉之文。不幸才名为董卓所重。三日之间。周历三台。及卓诛。坐中一欢。即下狱论死。虽欲广东观之十意。王允已不欲佞臣执笔矣。今蔡中郎集外。惟独断自成一子。宋元以来。劄记之体。殆仿于是欤。

十六　曹魏父子兄弟及建安七子之文体

汉之将亡。词人才子如孔融祢衡陈琳应劭之流。或见挫于曹操。或依违于袁绍。莫能自立。操破袁氏。一时才士。荀或贾诩等皆为之用。操有文武才。把酒临江。横槊赋诗。固一世之英雄也。其卒章曰。周公吐哺。天下归心。魏武之权术。见乎词矣。其子文帝丕著典论。竞竞焉贱寸璧而重寸阴。其于学亦可谓勤矣。丕弟陈思王植骨气奇高。词采华茂。其存问亲戚疏。陈审举疏。皆情辞恳切。惟以雄隽之笔。写激楚之情。风格遂与两汉顿殊矣。建安七子。孔融陈琳王粲徐干阮瑀应玚刘瑱。并驱邺下。建安犹汉之年号也。孔北海而外。自陈孔璋以下六子。皆入于魏矣。丧乱流离。音节哀变。繁钦以后。文体渐靡。嵇康阮籍以后。文体亦放恣少法度。而曹社墟矣。

十七　诸葛武侯出师表之文体

蜀汉昭烈帝备。当汉祚已移。拥梁益一隅。称尊号。规模未备。文物无足称。后世史臣。每尊蜀汉为正统者。则因武侯出师表而重也。亲贤臣。远小人。谘诹善道。察纳雅言。皆儒者纯粹之精语。后出师表所谓汉贼不两立。王业不偏安。鞠躬尽瘁。死而后已。成败利害。非所逆睹。非社稷之臣。而能若是乎。武侯自知才弱敌强。惟不安于坐以待亡。故冒险进取。光明磊落。可揭以告万世。孔明将没。自表后主。言臣死之日。不使内有余帛。外有盈财。以负陛下。呜呼。此其所以为孔明欤。魏臣华歆王朗陈群许芝诸葛璋。各有书与孔明。陈天命人事。欲使举国称藩。孔明不报书。作正织其大议昭于天日矣。彼魏之文士。能不闻而汗下乎。

十八 孙吴文体质实非晋宋以后可及

江左六朝。建国金陵。阻长江为天堑。自孙氏始。孙坚盖孙武之后。其子策始有江左。皆转战无前。骁健尚武。策姑用文士张纮。为书绝袁术。孙权袭父兄之业。称帝号。其文笔古雅。责诸葛瑾之诏。让孙皎之书。所见皆卓尔不群。其子孙休继立为景帝。其答张布诏曰。孤之涉学。群书略备。所见不少也。由此观之。南朝天子好读书。孙氏实启之矣。虞翻谏猎书之简要。骆统理张温表之详畅。诸葛恪与丞相陆逊书上孙奋戕之明敏条达。吴人文之可传者也。吴楚多才。如严畯之好说文。阚泽陆续之善历数。薛综滑稽。出口成文。亦西蜀秦宓之流亚也。周瑜传中谏以荆州资刘备疏苈鲁肃疏。皆非完璧。而雄直之气。略可见也吴之末造。贺邵谏孙皓书。韦曜之博奕论。华核请救蜀表。渐近偶俪。亦皆质而不俚。足以自竞于汉魏之间。孰谓南朝文士柔弱乎。

第十三篇　南北朝至隋文体

一　西晋统一蜀吴之文体

蜀绍汉统。文体纯正。诸葛出师表。理之至正者也。忠臣之文也。蜀既亡。司马氏篡魏。征蜀之遗臣李密为太子洗马。密作陈情表。情之至正者也。孝子之文也。吴都陆逊及其子抗。有大勋于江表。孙皓失国。抗之子机作辨亡论二篇。其文奇伟雄丽。为六朝所祖。其弟云。才名与之并驱。号为二陆焉。晋室统一之功。成于羊祜杜预。皆儒将也。祐之让开府表。上平吴疏。一则见大臣之度量。一则见大臣之干济。预之考课略。具见其黜陟之明。春秋左氏传序。具见其褒贬之允。故其用兵能信赏必罚。以立功业。其文亦无愧于汉魏焉。中原人士。如中牟潘岳潘尼叔侄。犹不过文赋之才耳陈留江统。静默有远志。欲杜四夷乱萌。作徙戎论。昭明文选不收此论。近世选古文者亦不收此论。可谓无识。西晋文士传元阮籍嵇康张载张协左思向秀刘伶谢鲲毕桌郭象皇甫谧挚虞束皙。其文亦见重于世。皆未若江统之文。关系民族兴衰。可为万世炯鉴。至于郭璞之奇博。葛洪之通达。所著之书。自成一子。固足颉颃乎衰周诸子矣。

二　东晋播迁江左之文体

西晋末母后诸王讧于朝。匈奴羌羯起于野。怀愍再辱。关洛为墟。琅琊王睿称制江左。刘琨令温峤上劝进表。辞气慷慨。犹见中原文体。于宾晋纪总论。颇仿班固前汉书之意。未尝不以光武期琅琊也。庾亮为明帝椒房之亲。雅负朝望。其让中书监表。真诚谦退。不但平日吐属风流也。荀崧请立博士疏。深明经术。范宁罪王何论。痛斥清谈。东晋交之近古者也。蔡谟止庾亮北伐议。王羲之止殷浩再举北伐书。其言果近于老成持重乎。庾亮殷浩非将才。不可谓非有志之士矣。蔡谟王羲之则谯周仇国论之类也。羲之宴兰亭。觞咏风雅。然非其时也。桓温北征。志吞胡虏。汉族之英雄也。欲还都洛阳。以图中兴。而北上萧条。人情疑畏。孙绰谏移都洛阳疏。亦不过忘祖宗之根本。畏戎狄而欲远避之耳。何足与言大计哉。光武中兴而亲追铜马。肃宗中兴则收复两京。事未有不危而克济者也。江左偏安则安矣。中原沦陷之大耻。若之何其忘之。

三　五胡仿中国之文体之关系

两汉之盛。匈奴人未有能通汉文。识汉制。知汉地险夷汉民情性者。然匈奴尚汉之宗室女。其子孙遂冒姓刘氏。魏武分匈奴为五部。而刘豹为之长。豹之子渊。幼好学。师事上党崔游。习毛诗京氏易马氏尚书。尤好春秋左氏传。孙吴兵法。略皆诵之。史汉诸子。无不综览。尝谓同门生朱纪范隆曰。吾每观书传。常鄙随陆无武。终灌无文。道由人宏。一物不知者。固君子之所耻也。呜呼。渊虽异族。亦人杰哉。石勒之用张宾。慕容廆之用斐嶷。苻坚之用王猛。姚苌之用尹纬。皆以中国人制中国人也。羌羯种人。旧无文字。不得不因中国之文而用之。而中国文士。或为之效奔走焉。彼夷人既通中国之情。而中国人又为之用。固不难制中国之命于掌握中矣。呜呼。中国能自强。夷人虽通中国之文。不过为藩属耳。不自强则草泽不识字者揭竿起。其锋镝之祸。亦无殊于戎狄也。

四　晋征士陶潜文体之淡远

东晋苏峻之乱。陶侃有再造之功。与王导谢安。后先辉映。晋之亡也。王谢子孙覥异姓。不以为羞。其为文亦繁缛卑靡。侃之曾孙潜。少有高趣。作五柳先生传以自况。所谓不慕荣利者。先生盖自得之矣。为彭泽令。不为五斗米折腰。先生之托辞也。犹孔子燔肉不至之意乎。作归去来辞。息交绝游。先生不欲与篡窃之臣为伍也。桃花源记。自拟于避秦。亦先生之寓言也。所著文章。于义熙以前。则书晋氏年号。自永初以下。唯云甲子而已。洁身不仕。寿考令终。其志则夷齐之志也。自祭文达观世界。得老庄之旨趣。其诗赋亦闲雅淡远。如鹤鸣于九皋之上。下视六朝织丽之文。不啻山鸡舞镜矣。欧阳修论文。于六代少许可。独推重靖节。朱子纲目。不录文人。于晋征士。特褒美焉。呜呼先生。其不愧古之逸民。

五　苏蕙创回文之体

晋书列女传载符坚秦州刺史窦滔有罪。被徙流沙。其妻苏氏思之。织锦为回文旋图诗以赠滔。宛转循环以读之。词甚凄惋。凡八百四十字。文多不录。江淹别赋。已引用其事。故古今传为佳话。诗序称其锦纵广八寸。题诗二百余首。计八百余言。纵横反覆。皆成章句。东观余论谓其图本五色相宣。因以别三五七言之异。后人流传。不复施采。故迷于句读。僧起宗以意推求。得三四五六七言诗三千七百五十二首。康万民更得四千二百六首。后人但求辗转钩连。协韵成句。不问其义之如何。失若兰本意矣。武功县志。首列回文图。大为章实齐所讥。盖县志之体。最重地图。作志者无才识。不重地舆。而重人物。即章实斋所论。亦重文章而略于图绘。武功以苏蕙图冠首。固为失体。然关雎鹊巢。何尝不为周南召南冠。伯也执殳。为王前驱。妇人具敌忾之气者。有凡人乎。苏蕙之文。自成一体。想见五胡之乱。周南之女学未绝焉。亦奇女子矣。

六　南朝宋室颜谢鲍三家之文体

宋高祖刘裕。一武夫耳。镇京口时。与太学博士臧焘书。所言戎车屡警。礼乐中息。浮夫近志。情与事染。可谓知本之言。文亦清越可诵。或者传亮何尚之所捉刀耶。后人论宋之元嘉文者。弥尚藻饰。谢灵运之兴会标举。颜延年之体裁明密。遂足以腾声一世。灵运为谢元之孙。袭封康乐公。与族弟惠连。东海何长瑜。颍川荀雍。太山羊璿之。以文章赏会。共为山泽之游。时人谓之四友。皆有才而轻薄者也。谢庄读左氏春秋。分国为图。亦留心经世之务矣。袁淑仅见其赋。而叹以江东无我。卿当独步。曾不思并驱中原。文士虽夸。气已馁矣。雪赋月赋。皆不足以言天地之至文也。盖自东晋之时。谢家已多韵事。道韫柳絮因风之句。实开宫闺近体之端。鲍明远芜城赋。以驱迈苍凉之气。写惊心动魄之词。鲍参军集十卷。犹存于世。其妹令晖。亦有香茗集行世。今已不传。明远之才。洵足方驾颜谢矣。

七　南齐永明体之纤丽祖冲之精实

南朝王谢为钜室。萧齐永明之际。王融谢朓。并以才名噪一世。王融求自试启。上北伐疏。虽文体已成骈偶。而雄直之气。溢于篇章。苟宫车未晏。有事边关。融之报效。或未易限。谢朓文章清丽。过于王融。朓辞新安王中书记室笺。敬皇后哀策文。传诵于世。朓官至尚书吏部郎被诛。然诗人皆以谢宣城称之。则以其为宣城太守时。吟咏最盛耳。孔稚圭北山移文。于声偶之中。发挥奇思逸趣。雕章琢句。六朝文辞之真面目。备于是矣。北朝连岁南侵。征役不息。稚圭乃上疏主和。不思自奋。其视王融何远哉。南齐书文学传。邱灵鞠辈。碌碌无所长。祖冲之更造新法。所上表文。则一代钜制也。其言亲量圭尺。躬察仪漏。目尽毫厘。心穷筹策。于古历疏舛。类不精密。群氏纠纷。莫审其会者。咸考测而求合焉。冲之善制器。因风水施机。不劳人力。又造千里船。试之于新亭江。世之文人。慕王谢之织丽。不务冲之精实。此中国文学所以每况愈下矣。

八　萧梁诸帝皆能文

六朝之文。自箫梁而极盛。梁武帝微时。博学多通。好筹略。有文武才。时流名辈。咸推许焉。齐之竟陵王子良。开西邸。招文学。武帝与焉。武帝受齐禅后。禁祝史祈福诏。仿古人责躬之义。文亦简古。所谓继诸不善。以朕身当之。永使灾害不及万姓。即万方有罪。罪在朕躬。之意也。与谢朏敕。与何点诏。征何因手诏。尚贤之雅。勤恳之情。形于简牍。同泰舍身。则英雄晚年之耄愦也。简文帝工于牋铭小品。所谓诗赋缠绵流丽。未免失之轻艳。哀思之音。遂移风俗。方自拟于文景。乃屈辱如怀愍焉。元帝起自湘东王。性不好声色。颇有高名。自号金楼子。因以名书。与裴子野刘显为布衣交。口诵六经。心通百氏。适足以益其骄矜。不旋踵而祸至矣。读梁书本纪。武帝以下。著述各数百卷。文集或百卷。或五十卷。轻万几以事虚文。梁之亡岂亡于敬帝方智乎。武帝简文帝元帝。皆及其身而灭亡矣。

九　昭明文选创总集之体

魏晋后主文士日盛。文集日繁。挚虞文章流别。始分体编录。为总集之始。其书今不传。宋以前挚氏书未亡时。传习亦不如文选之盛。盖总集之体。至文选而始备也。别集只一人之著述。其成书也易。总集萃历代之著述。其成书也难。至于采撷菁华。删除芜秽。非有大识力。必不足以鉴别去取。更如零章残什。不足以自存。亦赖总集以传诸不朽。方隋唐词章最盛时。昭明太子萧统之文选。几与六经并驱。唐显庆中。李善受曹宪文选之学。为之作注。精实搏大。无一字无来历。开元中工部传郎吕延祚复集吕延济刘良张诜吕向李周翰五人共为之注。表进于朝。诋善之短。后人备摘其窃据善注。巧为显倒。力辨五臣之诬。南宋五臣注与善注合刻。是为六臣注。今是非久已论定。李善注遂通行于世。

十　刘勰文心雕龙创论文之体

文章诏于虞夏。盛于周秦。系于汉魏。浑浑灏灏。无法律可拘。建安黄初。体裁渐备。故论文之说出焉。典论其首也。其勒成一书。传习至今者。断自文心雕龙始。刘勰身历齐梁两朝。正文学蔚兴之际。其书实成于齐代。署曰梁通事舍人刘勰撰。则后人所追题也。原道以下二十五篇。皆论文章之体制。神思以下二十四篇。则论文章之工拙。学者由此讨论瑕瑜。别裁真伪。博参广考。亦有裨于文章。宋史蓺文志。有辛处信交心雕龙注十卷。其书不传。明梅庆生注。粗具梗概。多所未备。国朝黄叔琳辑注最善。今有通行本。至于任昉所集秦汉以来诗赋骚词。凡八十五题。为文章缘起。似为后人所伪托。故称述者亦鲜矣。

十一　钟嵘诗品创诗话之文体

梁钟嵘与兄岏弟屿。并好学有名。嵘通周易。词藻兼长。所品古今五言诗。自汉魏以下。一百有三人。论其优劣。分上中下三品。每品之首。各冠以序。皆妙达文理。可与文心雕龙并称。近时王渔洋极论其品第之间。多所违失。然梁代迄今。邈逾千纪。遗篇旧制。什九不存。未可以掇拾残文。定当日全集之优劣。惟其论某人源出于某人。若一一亲见其师承者。则不免于附会耳。史称嵘求荣于沈约。约弗为奖借。故嵘怨之。列约中品。案约之诗不过中人。未为排抑也。厥后唐人孟棨本事诗。旁采故实。刘攽中山诗话。欧阳修六一诗话。又体兼说部。世愈近诗话愈繁。赋话词话制藝业话楹联业话。皆由此体而踵起焉。西国文学史之外。有科学史近译西国天算源流考化学源流考皆是也中国作史之才。苟充其诗话之量。作科学史。不亦善乎。章实斋论著述。极诋诗话。亦见当日袁枚放荡时。借诗话为献谀弋利之具耳。

十二　萧梁文士之盛文体之缛

周衰文盛。南朝衰而文益盛。萧梁一代君臣。皆浮华之士也。曹景宗凯旋。以险韵競巧。韦睿临阵。以儒服治军。二子虽战胜北人。不过保守疆圉而已。其不能恢复中原者。江左文弱之习所囿也。同时元勋。如范云机警。所为尺牍。下笔辄成。未尝定稿。沈约该洽。博通群籍。精于四声。竭云约之才。缔成梁武之篡谋焉。江淹任昉。辞藻壮丽。观文选所收。知其才名已震于当世。至若彭城到溉。吴兴邱迟。东海王僧孺。吴郡张率等。或入直文德。通谳寿光。皆后来之秀也。何逊刘孝倬齐名。元帝则著论论之。其见重如此。周兴嗣于当时。未能比肩于诸也。其所撰千字文。乃为后世童蒙所传诵。官场商市。编号之字恒。用之以为次第焉。盖周兴嗣之质实。犹胜于江沈之浮藻也。

十三　徐陵玉台新咏创诗选之体

孔子删诗。其选诗之始乎。圣人将以别贞淫。移风俗也。历秦汉魏晋。其风诗往往合于雅颂之遗。然未有删采以为总集者。玉台新咏。因选录艳歌而作。其旨与圣人背驰。方梁简文为太子时。好此体。境内化之。晚年欲改作。追之不及。乃令徐陵撰玉台集以大其体。厥后徐陵人陈。为尚书左仆射。故今人以徐陵为陈人耳。陵与庾信齐名。徐庾二家。造六朝骈偶之极境。庾信为梁元帝守朱雀航。望敌先奔。历仕诸朝。如更传舍。其人尤不足。重哀江南赋。曾何益乎。王通中说曰。徐陵庾信。

古之夸人也。其文诞。呜呼。江东危弱之秋。至陈后主益淫放无度。目侈红紫。心随郑卫。江总之徒。号为狎客。玉树后庭之乐。春江花月夜之曲。遂传为亡国之音。而南朝之局终矣。

十四　北魏文体近于朴质

拓拔氏为北部雄长。初无文字道武帝乘后燕之衰。蚕食并冀及大武帝焘。辟召贤良。诏辞平粹。再传至孝文帝宏。其条禁决狱免租求直言诸诏。皆刊华存实。语朴而挚。北魏诸臣。如元晖论御史巡行疏。清言可诵。张普惠与任城王澄奏记。经术纷纶。韩麒麟陈时事表。及其子韩显宗上时事书。皆切于事理。而文则超然入古。孙惠蔚请收校典籍表。言似缓而实切。崔光答宣武帝鸡异表。则明切无浮响。立说亦凿凿动人。甄琛请弛盐禁表则以实心行实政者也。邢峦再上伐梁表。洞晰利害。其规度如聚米画沙。高谦之请复县令面陈旧制疏。足使豪贵敛手。亦为政要务也。然北魏一代。文之有实用者。莫善于高允之言天。阚骃之志地。至于文苑传袁曜裴敬宪之流。无足称述。温子升受学于崔灵恩。乃能博览百家。文章清婉。然谓其凌颜佚谢。含任吐沈。则北人自夸之词也。扬遵宪作文德论。以古今词人。皆负才遗行。惟邢子才王元景温子升彬彬有德。亦可以见北人风气之尚德也。虽然三子之德鲜也。

十五　北齐文体颜之推出入释家

北魏分东西二国。高齐受东魏之禅。邢邵以国子祭酒授特进。邵博览坟籍。凡礼仪典故之文。援笔立成。证引赅洽。帝命朝章。取定俄顷。词致宏远。独步当时。初与温子升齐名为温邢。魏收虽天才艳发。而年事在二人之后。子升死后。方称邢魏。此外文苑传所列。若祖鸿勋李广樊逊刘逖荀士逊之徒。其文章著于当时。不重于后世没世而名不称也。颜之推为文学传之殿。其家训二十篇。今传于世。本传载其观我生赋。

文致清远。其意则太史公自序之意也。家训自成一子。深明世故人情。而文之以经训。故唐宋蓺文志。列之儒家然归心等篇。深明因果。不出当时好佛之旨。而所言字画音训典故文蓺。实开后世训子弟之常谈。其垂戒终不出释氏也。

十六　北周苏绰六条诏书文体之复古

周太祖宇文泰为西魏丞相。欲革易时政。为疆国富民之法。苏绰赞成其事。并置屯田以资军国。又为诏书六条奏行之。一治心身。二教教化。三尽地利。四擢贤良。五恤狱讼。六均赋役。文气疏达。绝无雕饰。实足超轶六朝。本王道立说。重农务本。矜慎刑法。整顿征税。皆粹然有儒者气象。盖骈偶至南陈为极则。而复古之文。即萌芽于北朝。骈文多饰词。而古文则率真以达意。盖自有晋之季。文章竞为浮华。遂成风俗。太祖欲革其弊。命苏绰仿尚书撰大诰。自是以后。文笔皆依此体。宇文建国号俊周。故遵周制。其文固不愧古人。惟力行则未至耳。苏绰之文。虽不足上拟贾董。实足为盛唐韩柳之先驱。庾信聘于周。不遣。因仕于周。官至开府。庾信之文。虽极浮艳。入周以后。乃敛才就范。华实相扶。故杜甫诗曰。庾信文章老更成。则一世之风气变。一人之文体亦变矣。

十七　隋李谔论文体书之复古

隋之初叶。高帝尚质。不娴词章李谔以属文之家。体尚轻薄。递相师效。流宕忘反。乃上书论文体。所谓江左齐梁。其弊弥甚。贵贱贤愚。惟矜吟咏。遂复遗理存异。群虚逐微。竞一韵之奇。争一字之巧。连篇累牍。不出月露之形。积案盈箱。唯是风云之状。世俗以此相高。朝廷据兹擢士。禄利之涂既开。爱尚之情愈篇。谔之书其言如此。不独于文教有禆。且可挽浇风而归之纯厚。谔又云未窥六甲。先制五言。尤后世之通弊。盖甲子出于历志。不明历数。则记事前后参差。于古今大局。终属惝恍也。卓哉李谔。盖深知文体之要矣。词人典故。多属借用。移步换形。张冠李戴。所记不过琐琐细事。而懵于大体。李谔欲尽使之钻仰坟素弃绝华绮。其识亦卓矣哉。

十八　隋王通中说之文体

周隋文体竞复古。王通讲菽龙门。乃撰中说以拟论语。是为文中子。隋书及新旧唐书皆无王通传。故学者多疑其伪。宋人讲学。则以文中子为荀杨以后之大儒。虽尊之过当。然其言王道礼乐实为二宋语录之滥觞。朱氏无邪堂答问谓其事迹散见于唐书王绩王勃传。及征之唐初王无功杨盈川陈叔达之言。岂得谓文中子为子虚乌有耶。朱竹坨王西庄姚立方辈。肆口相讥。不亦过乎。文中子抵牾难乱。证以正史。显而易见。然周秦诸子。自相牴牾处甚多。何独于文中子而疑之。隋炀帝时。文体又趋浮艳。经术弃而不讲。王通乃取论语及诗书春秋。字摹句仿。亦贤矣哉。其孙王勃。有文菽而无器识。不能希乃祖家风。以起八代之衰。而以摹仿徐庾为事。则南北朝骈雅之尾闾也。南人以文弱。北人以质胜。南北统一。而后文质彬彬焉。文体之变。可以觇世运之变矣。

第十四篇　唐宋至今文体

一　总论古文之体裁名义

古文者。汉人称仓籀篆文之谓也。凡龙凤之书。蝌蚪之字。皆谓之古文。盖以秦汉以前为古也。唐宋至今。所谓古文家。名为上祧孔孟。实则摹拟两汉而未能也。周隋之士。已厌南朝文体之陈滥。物极而反。唐人乃别出新法。自成一体。遂以古文。为专门名家。夫汉魏六朝。其文体之变也以渐。世人日趋之而不觉。唐初四杰之才。亦徒知齐梁为近古也。昌黎欲自出新法。又惧其惊世骇俗。行之不远。不得已托言前古。以示有所征信。可以箝守旧者之口耳。虽然极六朝之弊。不过揣摹声调也。极八家之能事。亦不过揣摹声调也。同一揣摹。反唇相讥。是以五十步笑百步也。唐宋诸家古文之佳者。不过明白晓鬯而已。必欲步骤两汉。则昌黎进学解。不逮东方朔之答客难。其送穷文亦不若扬雄之逐贫赋。然唐人学两汉者。犹力求典重。宋人学韩柳者。渐运以轻虚。明人学唐宋八家者。则在流连跌宕之间而已。近人学八家不能成。充其量仅肩随于明之归震川。岂上古必不可学乎。抑学之未得其道乎。吾惟祝今日之实学。远胜古人。不欲使才智之士。与古人争胜于文藉。明白晓鬯。

尽人可知。何必为古人之奴隶乎。

二 唐宋八家文体之区别

唐宋诸家。文体略同。惟境界各异。明人茅坤编韩柳欧曾王三苏八家文。颇为塾师所传诵。遂有八家之目。为治古文者所宗。宁都魏叔子评八家之文。退之如崇山大海。孕育灵怪。子厚如幽岩怪壑。鸟叫猿啼。永叔如春出平原。亭台林沼。明允如尊官酷吏。南面发令。东坡如长江大河。子由如晴丝袅空。介甫如断岸千尺。子固如陂泽春涨。又言学子厚易失之小。学永叔易失之平。学东坡易失之衍。学子固易失之滞。学介甫易失之枯。学子由易失之蔓。惟学昌黎老泉。学之少病。然学昌黎或蹈生撰。学老泉或露粗豪。不可不慎。八家各有性情。学者因其性之相近而习之。然学者又各有性情。不能与古人化而为一。以欧苏王之学昌黎。其成也。各具有本来面目焉。自宋以来。揣摹成风气。其能孑然自立者无几矣。然唐宋文之可传者。犹不只此八家。储氏增李翔孙樵为十家。亦未足以尽唐宋文体。故略述其源流迁变于后。以谂学者。

三 唐初元结独孤及诸家始复古体

唐初王杨卢骆之藻俪。燕许姚宋之手笔。皆骈体也详见下篇兹不具论自陈子昂自奋于陈隋之后。力追古作。其论事书疏。朴质近古。而表序尚沿骈偶。故起衰之功。断推元结为首。可为天地万物吐气。近日张啸山先生唐十八家文录。特选以冠诸简端。传甲尝过永州祁阳县主浯溪。观岩壁所勒大唐中兴颂。则元结所撰。颜真卿所书也。次山之文。鲁公之字。皆足以垂诸千古。异于寻常之吉金乐石矣。独孤及以李都统书记。代宗召为左拾遗。即上书陈政。极言当日冗兵糜食之害。史称其为文。彰明善恶。长于议论。洵古文家之先河也。权德与两汉辨亡论。归狱于张禹胡广。其识最卓。梁肃作补阙李君前集序。分文章为王霸二途。立意恢奇。亦前此所未有。此外如萧颖士李华之流。又从而左右之。而六朝之流弊。遂渐次湔除矣。

四　韩昌黎文体为唐以后所宗

其婿李汉附见

韩昌黎之文体。自出新裁。非沿袭前人也。其婿李汉为昌黎集序言。时人始而惊。中而笑且排。先生志益坚。终而翕然以定。呜呼先生之于文。摧陷廓清之功。此于武事。可谓雄伟不常者矣。昌黎初学独孤及之文。继而学司马相如扬雄之作。深知世俗学文。恒肖其形貌。故独运精思。别开生面焉。盖古人文字未备时。每有新器而无名者。则造新字以名之。有新意而不能达者。则造新句以达之。昌黎之意。实上契仓籀创字之意。是以谓之古文也。独孤及诸家交骈文为散文。犹解汉隶为散隶耳。昌黎以大气运之。则如草书应急。无不可达之意。用以治事而事无不治矣。至于纪述明畅。议论严警。尤非骈体所能为。虽时人莫之许。而后世尊用之。昌黎之文。遂与泰山北斗并重。今日文人贪用新名词。不能师昌黎之自出新裁。惟以东瀛译语。为口头禅。而东瀛专门之学。则弗习焉。是亦奴隶之性质耳。候官先生之译书也。一名之立。旬月踟蹰。一卷编成。海隅共仰。是则文之自出新裁者也。传甲学焉而未能。且不通万国文字。必不能合万国文字以成文字也。诸君夙肄欧文者。庶几有志斯道乎。

五　柳子厚文体与昌黎异同

刘禹锡欧阳詹李观附见

柳子厚与韩退之同时治古文。虽文体小异。然昌黎当时引为同调者。一人而已。柳州初学骈文。后乃笃志希古。其才气陵历抗韩。至于学识根柢。逊韩多矣。故欧阳公论文。惟以韩李并称。未尝以韩柳并称也。

虽然李氏事韩氏者也。柳州则昌黎友之矣。或谓昌黎出于经。柳州出于史。昌黎自谓奥衍宏深。与孟轲扬雄相表里。子厚雄深雅健。似司马子长。唐荆川谓柳州文字理精而文工。左传国语之亚也。盖昌黎实近于诸子。柳州则近于传记耳。柳州之文。其独到处。莫若永州八记。传甲徘徊愚溪之上。越西山求钴鉧潭袁家渴不得。然心目中仿佛若有其境。则柳文之善移人也。今永州淡岩幽邃。为湘江流域之最胜处。子厚当日未能记也。余爱永州山水。相赏又在八记之外矣。柳文传习。不逮韩文远甚。国朝通儒焦里堂独推为唐宋以来第一人。近日邹伯奇读柳。子厚非国语。谓子厚所非。类皆祝巫旧史之说。董仲舒刘向所沿习为通天地人之学也。子厚有见于此而非之。其识卓矣。观二先生之言。子厚之文。顾不重欤。刘禹锡才辨纵横。自为轨辙。与韩柳鼎足而三。而传习不盛。李观欧阳詹与韩愈为同年。以古文相砥砺。厥后昌黎雄视百代。而二人文字存于世者。寥寥无多。岂非有幸有不幸乎。

六　韩门张籍李翱皇甫湜文体

孙樵皮日休附见

昌黎提倡古文。从游于其门者。张籍李翱皇甫湜其尤也。张司业八卷。多乐府诗。惟文苑英华载张籍与韩愈二书。余不概见。想其笔力。亦在翱湜之间。李文公集。皇甫持正集。文体毕备。一得昌黎之理。一得昌黎之辞。李翱得其理。故文体纯实。皇甫湜得其辞。故文体奇崛。翱之才学逊于其师。不能镕铸百氏如己出。湜之盛气抗辨。过于其师。若著力铺排。反不惬人意。是两家之短耳。昌黎文法传于湜。湜传于来无择。来无择授于孙樵。孙樵务为奇峭。其诣亦不易及也。皮日休当唐之末造。请列孟子为学科书。请韩文公配飨书。其议论正大。在唐人洵不数觏。文亦磅礴有奇气。若在韩门。庶几籍湜之列矣。韩文至北宋而传习最盛。建安魏仲举编辑五百家音辨昌黎先生集。凡韩门论文。下逮朱子之考异。胪列者三百六十八家。虽不足五百之数。不可谓非钜制矣。

七　杜牧文体为宋之苏氏先导

杜牧之因唐末藩镇骄蹇。追咎长废以来。措置亡术。嫌不当位而言。故作罪言。综天下之情形。权累朝之得失。如聚米画沙。不爽尺寸。其原十六术。痛言府兵内产。边兵外作。窃源竟委。论断谨严。战论守论。皆雄奇超迈。光焰炤人。燕将传笔力陡健。即以太史公取战国策材料为之。亦不过如是。宋苏洵好言兵。因西夏久无功。乃著权书。皆论兵法。纵横开阖。壁垒皆新。其子苏轼之策略。以万快之笔。骋英伟之气。雄辞博辨。矫厉不群。苏辙民政策及商周六国秦晋隋唐诸论。其精警处。亦不让父兄也。杜牧之文。选八家者弃而不收。而苏氏之平淡者亦牧之。明人无识之甚也。至于王安石文笔刻露。不过唐之牛僧孺。曾巩之文笔纡徐。不过唐之元稹。盖不仅欧公之文出于昌黎也。彼选唐宋八家者。固不足以语唐宋之流别矣。

八　五代文体似南北朝而不工

司马炎灭蜀汉。而匈奴刘渊。昌言复仇。朱温篡唐。而沙陀李存勖。昌言嗣统。中原有乱。他族乘之。汉族因之衰落。汉文亦因而萎靡。六朝时。中原虽乱。江左正统犹存。其文物尚能自立。五代时中原既非正统。而江南又裂为数国焉。唐末罗隐。怀才不试。好为寓言。出以过激。每不中理。然亦晚唐之后劲。吴越文人所仰景望也。钱镠为吴越王时。撰杭州罗城记。涉笔娴雅。亦有渊浑之气。南唐主李升举用儒吏。戒廷臣勿言用兵。其诏辞虽渊然可诵。适以肖东晋南宋偏安之计耳。其臣张义方江文蔚欧阳广潘佑之文。徐锴徐铉之学。视梁陈江淹徐庾辈。文不及而学则过之矣。蜀之冯涓韦庄杜光庭。闽之徐寅黄滔。楚之丁思覲。文学斐然。亦不让梁陈文士也。惟中原经沙陀契丹之蹂躏。文物荡尽。李继岌李严之文。曾不如北魏邢温之什一。惟王朴平边策以。视苏绰之大诰。则远过之矣。五代武人。多以彦名。而名士寥落如晨星。汉族式微则汉文亦绝矣。数往察来。可不惧乎。南唐其能保国粹者乎。

九　宋人起五代之衰柳开王禹称穆修诸家文体

宋初承五代之敝。文体多沿偶俪。杨亿钱惟演刘筠之流。又从而张之。石介作怪说以讥扬刘体。而推重大名柳开。开少慕韩柳之文。因名肩愈。字绍光。既而改名开。改字仲涂。自以为能开圣贤之涂也。其河东集。犹沿郡望之俗称。东郊野夫补亡先生二传。自述甚详。实开宋人好标别号之始。其文能变五代偶俪之习。实居首功。惟体近艰造。是其所短耳。仲涂尊扬雄太过。至此之圣人。持论未允。要其转移风气。于文格殊有关系。王禹称小畜集古雅简淡。其奏疏尤极剀切。宋史采入本传者。议论皆英伟可观。惟词垣应制时多拘于骈偶耳。穆修学于陈抟。遁而入儒家。其文章莫考其师承。尹洙学古文于穆修。欧阳修则学古文于尹洙。宋之文章。于斯为盛。而柳开穆修尹洙之名。转为后人所掩矣。

十　宋文以欧阳修为大宗

北宋名臣文集。多存于今。张咏乖崖集。晏殊元献遗文。夏竦文庄集。宋痒之元宪集。其弟宋祁之景文集。余靖之武溪集。韩琦之安阳集。范仲淹之文正集。尹洙之河南集。蔡襄之忠惠集。苏舜钦之学士集。苏颂之魏公集。王珪之华阳集。司马光之传家集。赵抃之清献集。文彦博之潞公集。范祖禹之太史集。皆当时所板行。名重一世。而传于后。然未足以脍炙人口也。惟欧阳修之文忠集一百五十三卷。则蔚然为北宋之大宗焉。陈同甫编欧阳文粹二十卷。似不足以尽所长。而大端可见矣。欧公胚胎史记。而变化于昌黎之文。议论叙事。参伍错综而出以纡折之笔。行以秀雅之度。致以感慨之情。备极佳境。宜后人之欢赏不置也。新唐书新五代史。皆公手笔。五代伶官传论。其魄力殆逼近过秦。泷冈阡表。为公晚年着意之作。其文可上追太史公自序。而无愧矣。公少孤。受母教。终成名臣大儒。欧母亦享遐年。膺景福焉。今妇学久微。童蒙失于教诲。文学犹末也。不明文学。则德行亦无以自见。政事亦无以致用矣。世之教育家。其无以画荻芳型为寻常典故乎。

十一　苏氏父子兄弟文体同异

明人选唐宋八家古文。眉山苏氏父子兄弟。分为三家。以伦记论之。选八家者。殆欲离间他人之骨肉耶。然士子当有自立之精神。文章学问。父不得而传之子。非若帝王公侯可以袭爵也。父之教子。无所不至。必欲使子之肖父。则尧舜犹病也。马班出于家学。韩柳不出于家学。造诣各视乎其人耳。或传苏洵尝挟一书诵习。二子亦不得见。他日窃视之。则战国策也。轼辙兄弟。少年所有之才。皆习于其父之业。长于议论。各有峥嵘气象。及其成也。子瞻为文愈奇。子由为文愈淡。或讥子由未足列于八家。特附父兄之骥。亦非无因也。今合观老苏之嘉祐集。大苏之东坡集。小苏之乐城集。虽气息略同。而面目小异。知子瞻子由。皆不借父兄而传也。苏过为名父之后。其飓风赋思子稟赋亦称于世。诗书之泽深矣。苏氏同时文人。黄庭坚秦观张来晁补之毕仲游诸家文体。多类苏氏。亦一时风气为之也。欧苏以下。文集愈繁。一人诗文集。有无数标题。著百卷而无一篇可传。虽多亦奚以为。

十二　王安石曾巩之文体

江右章贡之涘。多古文家。自欧阳公起于庐陵以后。未几王安石兴于临川。曾子固出于南丰。遂极一时之盛。唐宋八家。宋得其六。眉山三苏与江右各得其半焉。安石与巩缔交之情。见于安石答叚缝书。曰。巩文学论议。在某交游中。不见可敌其心勇于适道。不可以刑祸利禄动也。安石祭曾博士易古文。则巩之父也。故当时学者称二人曰曾王。曾巩传曰。安石得志后。遂与之异。盖安石以新法致党祸。为宋儒所不韪。惟其文劲爽峭直。如见其为人焉。则其最长者莫如上神宗书。其最短者莫如读孟尝君传书。后皆传诵于世。所谓气盛则言之长短皆宜也。曾王之文有极相似者。如子固之墨池记。荆公之芝阁记。皆寂寥短章。使人味之隽永。此曾王之所长也。朱子云。熹未冠而读曾南丰先生之文。爱其词严而理正。洵子固之定评。曾王之异同。在于所持之理。其词气固未尝歧异也。

十三　有宋道学家文体亦异于语录

宋之道学。始于濂溪周子之太极图说。其文多引易传。而宗旨所在之一语曰。圣人定之以中正仁义而主静。张程朱陆各家之鼻祖也。阴阳五行。汉儒董仲舒刘向皆不能免。何足责于宋儒。横渠张子作西铭。岂独意之美耶。其文固未曷几也。姚惜抱古文辞类纂亦引重焉。明道程子之奏疏。如论君道论王霸论十事论新法。可以见纯儒学识。而词意雅驯。明白四达。犹余事也。伊川程子上仁宗皇帝书。上太皇太后书。论经筵劄子。总在本原上立论。故纯正宏阔。绝无偏驳。龟山杨先生时于靖康之季。所上之议事疏。排和议。争三镇。请一统帅。罢奄寺守城。以及茶务盐法转般罗卖坑冶诸议。所见俱伟。其学传于罗从彦。从彦传于李侗。侗传于朱子。朱子之文。若壬午应诏封事。辛丑延和奏劄。戊申封事。甲寅行宫便殿奏劄。其言皆畅而不冗。明显而不流于浅近。平直坦夷。宣朗闳阔。但恐时君味道不深。展卷未终。倦而思卧也。上宰相书之痛陈时事。答陆子寿书之考据古礼。质之近日谈时务请经学者。应无后言矣。宋之末造。金仁山上书请由海道北伐。直取燕山。宋不能用。元人平江南。乃用其策以通海运焉。夫语录所录者语也。文集所集者文也。孔子著述。论语文言各为一体。文人必讥语录之俗。是不知其各有体要也。

十四　南宋文体宗泽岳飞陈亮文天祥谢枋得之忠愤

南宋君相。燕衎湖山。久无生人之气。其讲学者。复以门户相攻击。

浑焉噩焉。不知中原之沦陷。吾于其举世之波靡之际。求其能挽狂澜扶正气者。得五人焉。读其文。可以起衰世之顽懦。励国民之壮志。一曰宗忠简。孤忠耿耿。精贯三光。其奏箚规画时势。详明恳切。其条画四事劄子。乞都长安书。当日狃于和议。不用其言其文之存者。幸赖楼昉缀辑。犹可诵也。岳忠武朱仙之捷。虽未必能直捣黄龙。其气势之盛。直欲全吞女真。三字狱成。人亡邦瘁。其文亦散佚不可收拾。然岳侯善书。其手迹流传于世著甚多。故武穆遗文以外。尚多佚文可采。陈龙川集首列上孝公皇帝书。锐意恢复。其意同于诸葛亮之出师表。同甫以亮为名。亦有管乐之意乎。以同甫之才。得一乡解。未足为荣。其末路乃必以状头自许。致为后世所笑。科第误人。徒使英雄短气也。文山集之正气歌。谢叠山集之却聘书。皆作于入元以后。然二公宋之遗老矣。二公亡宋乃亡矣。呜呼。元人能使汉族回族契丹女真各族皆为之屈。二公独不屈。岂非豪杰之士乎。

十五　辽金文体至元好问而大备

辽太祖起自松汉。得韩延徽始有文治。及太宗入汴。取中原汉唐以来之图书礼器。北迁于燕云。而后制度渐臻明备。辽人试士。且以得传国玺为正统命题。彼心目中无南朝久矣。统和重熙之文治。肃韩家奴对策累千言。不愧辽之买晁。王鼎忠直。其文达政事。刘辉侍青宫。建言国计。其论五代史。且欲与欧阳公抗衡。至于耶律之族。庶成孟简之伦。亦明于汉文之体焉。辽之亡也。其文臣左企弓虞仲文等。相继降金。皆才识之士也。金太祖自得辽人韩昉。遂重文学。宋之文人宇文虚中蔡松年等。亦先后归之。及抚有中原。其文臣王寂有拙轩集。赵秉文有滏水集。王若虚有滹南遗老集。李俊民有庄靖集。为金文极盛之世。及其亡也。元好问之遗山集。以宏衍博大之才。足以上继唐宋。下开元明。屹然为文苑大宗焉。俗子读宋文。不读辽金之文昧于塞外之情势。无惑乎视塞外土地。如弃敝屣矣。

十六　元人文体为词曲说部所紊

元圣武帝成吉思。起蒙兀旧族。兼并欧亚五十余国。创前古未有。初用文臣耶律楚材及其子铸。官至宰辅。今人考西北和林诸境者。必以耶律氏双溪醉隐集为证。世祖统合江南。即位诏书。出于王鹗。建国号赦诏。出于徒单公履。颁授时历诏。出于李谦。皆典重堂皇。不愧钜制。求其古文大家。上继欧曾者。则必以姚燧之牧庵文集。虞集之道园遗稿。屹为大宗。许衡陈时务五事。郝经之立政议。皆名臣奏谶之著也。李治之测圆海镜序。胡三省新注资治通鉴序。马端临文献通考序。皆收入元文类。则专门之文也。蒙古人能文者。如夹谷之奇贺正且戕。颇类应酬四六。孛术鲁翀之驻跸颂。亦不免于冗散。彼哉彼哉。不足责也。元之文格日卑。不足比隆唐宋者。更有故焉。讲学者即通用语录文体。而民间无学不识者。更演为说部文体。变乱陈寿三国志。几与正史相溷。依托元稹会真记。遂成淫亵之词。日本笹川氏撰中国文学史。以中国曾经禁毁之淫书。悉数录之。不知杂剧院本传奇之作。不足比于古之虞初。若载于风俗史犹可。坂本健一有日本风俗史余亦欲萃中国风俗史别为一史笹川载于中国文学史。彼亦自乱其例耳。况其胪列小说戏曲。滥及明之汤若士近世之金圣叹。可见其识见污下。与中国下等社会无异。而近日无识文人。乃译新小说以诲淫盗。有王者起。必将戮其人而火其书乎。不究科学。而究科学小说。果能裨益名智乎。是犹买椟而还珠耳。吾不敢以风气所趋。随声附和矣。

十七　明人文体屡变宋濂杨荣李梦阳归有光之异同

明初文臣。宋濂为首。其文昌明雅健。自中节度。濂学于吴莱柳贯黄潜。皆元末之杰士。刘基与濂齐名。为文神锋四出。闳深肃括。方孝孺受业于濂。气最盛而养未至。危素之文。演迤澄泓。而人不足重。解缙通博。永乐大典。即出其手。明初洪永之间。其文体精实。略可见矣。自杨荣畅士奇以雍容平易。为台阁体。柄国既久。摹效者遂流为肤廓。是时文人惟王鏊学苏学韩。虽为时文。亦根柢古文也。李梦阳厌台阁体之冗沓。起而复古。仍景明之流和之。以艰深钩棘为秦汉之法。而七子之体遂风行一世。然是时王守仁之文。博大昌达。足以砥柱中流。既而后七子继起。李攀龙王世贞为之冠。其高华伟丽。斑驳陆离。直可抗扬马。揖李杜。王弇州山人四部稿。尤风行一世。俗子窃其篇章。裁割成语。亦觉绚烂夺目。及其久则成腐败。敌为袁宏道艾南英所讥。归有光出而为明白晓鬯之文。庶几乎无弊矣。然其文惟留意于抑扬顿挫间。亦无谓也。有明诸家。得失互见。论古文者。仅录归熙甫一人。亦未尤矣。

十八　国朝古文之流别

国朝学术昌明。其专力古文者。国初则有侯壮悔先生朝宗。宁都魏氏三兄弟。而叔子魏禧为尤著。厥后方望溪先生苞。崛起桐城。益究心声希味淡之作。所选四书文。为一代宗。诚不愧清真雅正四字矣。一传为刘才甫大槐。再传为姚姬传鼐。而桐城一派。遂为山斗。阳湖恽子居先生敬。起于才甫之后。张皋文惠言。亦弃其音韵训诂考据之学。以治古文。汪容甫中。李申耆兆洛。董方立祐诚。所为古文。上法汉魏。逐与桐城异流。中与之际。曾文正公以古文起于湘乡。兄弟父子间。相励以学。湖南文风。因以大变。今日言古文者。惟吴挚甫总数习。为近代第一人。今已作古人矣。象译日歧。文章日陋。挚甫既没。惟侯官严子几道。其后劲乎。佛言有过去。有未来。无现在。唐宋至今。皆过去之历史。至于未来之岁月。吾辈可不加勉乎。

第十五篇　骈散古合今分之渐

一　唐虞之文骈散之祖

群经文体所言皆大体也此下数章所言惟辨论骈散而已

帝典之文有法度。有法度者必整齐。分命申命四节。文笔相似。章法之整者也。九族既睦。平章百姓。百姓昭明。协和万邦。虽一气衔接。句法则已对待矣。慎徽五典。五典克从。纳于百揆。百揆时叙。凡数目之字。已无不对待整齐矣。流共工于幽州。放骊兜于崇出。竟居然以人名对人名。地名对地名焉。但不调平仄而已。带庸作歌曰。股肱喜哉。元首起哉。股肱元首对待。实为律诗之远祖也。古人诗文不分途。厥后文有骈文散文。诗有古诗律诗。一而二。二而四。皆歧中生歧也。唐虞之际。文史质实。大抵散文居多。骈文络乎散文之间。犹偶数络乎奇数之间也。文之初创。骈散合用。数之初创。奇偶间用。厥后文法日备骈文与散文。乃自为家数。数理日精。奇数与偶数。遂各立界说见几何原本然则骈散古合今分者。亦文字进化之一端欤。虽典谟之文。谓其草创未备可也。

二　有夏氏骈散相合之文

禹贡所言随山刊木。偶语也。高山大川。偶语也。余尝观蜀西邛峡九折坂之阴。有磨崖之擘窠书。则蔡蒙旅平和夷底绩八字也。双碑屹立。俨如对联。后人虽工撰著。必不能如是之浑成也。禹贡多四句。或骈或散。文无定法。若九州攸同四隩既宅之类。对仗极整饬。其言东渐于海。西被于流沙。朔南暨。声教讫于四海。为记四至之始。若以后人行文之法为之东西南北四句。必尽改用四字句而排列整齐矣。盖古人据事直书。无意为文。或骈或散。未可一律论也。夏后启词位作甘誓。其言威侮五行。怠弃三正之类。文亦整饬。读史记夏本纪。可见当时之体焉。

三　殷商氏骈散相合之文

商汤之兴。四征弗庭。所谓东征西夷怨。南征北狄怨。词意已成对待。其誓辞所谓女无不信。朕不食言。女不从誓言。予则孥戮汝。词意亦对。待至于仲虺之诰所谓佑贤辅德。显忠遂良。兼弱攻昧。取乱侮亡。意亦对待词。尤工整。然不免于繁复。骈拇枝指。非古文对待之意。盘庚三篇。最为佶屈聱牙。句法奇变。长短参差。亦间有整齐对待者。如谓汝无侮老成人。无弱孤有幼。又如用罪伐厥死。用德彰厥善。皆对待之善者也。但不若古文尚书对待句多用四字六字耳。说命三篇。上篇之舟楫霖雨。中篇之甲胄衣裳。下篇之盐梅翘药。每有引喻。必引排叠句法。所谓古文者。曷若今文盘庚之最古而可信也。令文商书。高宗肜日西伯戡黎微子之命三篇。皆用散文。商人尚质。故文不能胜质也。散文尚质。骈文尚文。观骈散之分合。亦可见文质之升降也。

四　周初骈散相合之文

武王牧野之誓。史臣记其左杖黄钺。右秉白旄。骈语之中。已有藻绘之意。武王誓辞。所谓俾暴虐于百姓。以奸宄于商邑。后世檄文。多仿其体。史记述武王不寐告周公之言曰。麋鹿在牧。蜚鸿满野。置之晋宋人之文集中。几不能辨。古文武成。所谓归马于华山之阳。放牛于桃林之野。与史记略同。必周史之旧文也。当时骈语。亦可略考见矣。大诰康诰酒诰梓材召诰洛诰多士多方八篇。大略因殷人不服而作。其文古奥。如盘庚三篇之体。盖欲使殷顽咸喻兹意。不得不从殷之质。朴实开说。犹今官场告示之佳者。往往以白话训愚蒙也。在昔为俗体。后人不尽通古训。各国亦不同殷之方言。故觉其钩棘字句而难读耳。苏绰因江南之未平。韩愈因淮西之初服。所作文告。不能不屏去骈饰。直达其意所欲言。乃去文崇质之道。非有意言文也。远人不服。而仅以文德徕之。虽至愚亦知其不可也。

五　逸周书骈散相合之文

传记诸子文体所言皆全书之大体此下数章所言不剖析字句以辨骈散而已

逸周书文从字顺。多骈偶重叠语。度训篇云。度小大以正权轻重以极。命训篇云以绋絻当天之福。以斧钺当天之祸。武称篇云。大国不失其威。小国不失其卑。敌国不失其权。开武篇云。在昔文考。顺明三极。躬是四察。循用五行。戒视七顺。顺道九纪。武顺篇云。天道尚左。日月西移。地道尚右。水泽东流。人道尚中。耳目从心。大聚篇云。立君子以修礼乐。立小人以教用兵。作雒篇云。南系于洛水。北因于郏山。周月篇云。春三月中气。雨水春分谷雨。夏三月中气。小满夏至大暑。秋三月中气。处暑秋分霜降。冬三月中气。小雪冬至大寒。王会篇云。般吾白虎。屠州黑豹。禺氏騊駼。犬戎文马。皆字句整齐。与汉魏骈体为近。王会篇言四方殊异。文字益绚烂矣。故著骈雅者。多援其奥词奇字。备抚拾焉。

六　周髀骈散相合之文

周髀算经殷高曰。通行本作商高太平御览所引为殷高平矩以正绳。偃矩以望高。覆矩以测深。卧矩以知远。环以为圆。合矩以为方。方属地。圆属天。天圆地方。文法极整饬。陈子曰。春分之日夜分。以至秋分之日夜分。下极常有日光。秋分之日夜分。以至春分之日夜分。极下常无日光。又云春分以至秋分昼之象。秋分以至春分夜之象。又云日运行处极北。北方日中。南方夜半。日在极东。东方日中。西方夜半。日在极南。南方日中。北方夜半。日在极西。西方日中。东方夜半。又云冬至昼极短。日出辰而入申。夏至昼极长。日出寅而入戌。又云冬至从坎。日出巽而入坤。见日少。故曰寒。夏至从离。日出艮而入乾。见日多。故曰暑。凡此皆文法工整。所言寒暑。虽百世亦不能易也。又言天象盖笠。地法覆槃。乃借喻滂沱四隤之形。非其实也。后世作骈文律赋者。误以笠以写天。为寻常典故。能读周髀者益尠矣。

七　左传骈散相合之文

左传亦传记体时代在周髀之后故次之

左传文法奇变。整散兼行。其最整者。如石碏谏宠州吁曰。且夫贱妨贵。少陵长。远间亲。新间旧。小加大。淫破义。所谓六逆也。君义臣行父慈子孝兄爱弟敬。所谓六顺也。郑伯使公孙获处许西偏曰。天而既厌周德矣。吾其能与许争乎。七字联语。虚实皆惬。则非左氏有意为之也。鲁臧哀伯谏纳郜鼎之言。文极典赡。姿致蔚然。其言曰。是以清庙茅屋。大路越席。大羹不致。粢食不凿。昭其俭也。衮冕黻珽。带裳幅舄。衡紞纮綖。昭其度也。藻率鞞鞛。鞶厉游缨。昭其数也。火龙黼黻。昭其文也。五色比象。昭其物也。锡鸾和铃。昭其声也。三辰旂旗。昭其明也。云云。峭拔古腴。为秦汉词华之文所师法。昌黎薄左氏为浮夸。或以此欤。然左氏所纪神祇巫卜之事。词尤奥博。古色陆离。穷极幽渺。兹不备论焉。

八　国语骈散相合之文

国语文法。典则媲于左传。文亦整散兼行。如祭公谏穆王之言曰。夫先王之制。邦内甸服。邦外侯服。侯卫宾服。蛮夷要服。戎翟荒服。甸服者祭。侯服者祀。宾服者享。荒服者王。以上皆四言之工整者也。又云有不祭则修意。有不祀则修言。有不享则修文。有不贡则修名。有不王则修德。则六言之工整者也。但不若六朝人之专意骈四俪六耳。仲山甫谏宣王曰。古者不料民而知其多少。司民协孤终。司商协名姓。司徒协旅。司寇协奸。牧协职。工协革。场协人。廪协出。虽三五错综。未尝不对待整齐。单襄公过陈而归。告于定王曰。夫辰角见而雨毕。天根见而水涸。后世骈文引天象者。类如是造句。六字句第四字用而字。尤为六朝句法之准绳。胥臣对晋文公曰。官师之所材也。戚施直镈。蘧篨蒙璆。侏儒扶卢。蒙瞍修声聋聩司火。凡此之类。皆字奇语重。骈文家炫博洽者所师也。然今日类典较多。识奇字者未必博洽也。

九　战国策骈散相合之文

战国策为古文之雄劲者。然其中往往杂以骈语。而风格益高峻。黄敬说秦王曰。智氏见伐赵之利。而不知榆次之祸也。吴氏见伐齐之便。而不知干隧之败也。此类格调。建安以后多摹之。读李萧远运命论可见也。庄辛论幸臣曰。臣闻鄙语曰。见兔而顾犬。未为晚也。亡羊而补牢。未为迟也。魏晋以后。言事之文。每多引譬喻为起笔。亦诗人比兴之遗也。苏秦说赵。谓赵地方二千里。带甲数十万。车千乘。骑万匹。粟支十年。西有常山。南有河漳。东有清河。北有燕国。皆以数名对数名。地名对地名。极为工整。谓秦劫韩苞周。则赵自销铄。据卫取淇。则齐必入朝。虽对仗极工。然非寻常骈偶家所能学步矣。鲁共公论亡国曰。今主君之尊。仪狄之酒也。主君之味。易牙之调也。左白台而右闾须。南威之美也。前夹林而后兰台。强台之乐也。其论最正。其辞甚研。后世相如之流。为古艳体。其铺张更甚于此矣。

十　孔孟荀诸子皆骈散相合之文

孔子之文。如文言之声偶。论语之整肃。为万世所师法。已见华经文体及第五篇修辞法兹不详及孟子之文。整散兼行。不如孔子之简要。孔子言入则孝出则弟。孟子则言入以事其父兄。出以事其长上。孔子言老者安之。少者怀之。孟子则言老吾老以及人之老。幼吾幼以及人之幼。孟子文之骈者。亦不过层叠之句而已。荀子之辞。视孟子为研。劝学篇言木受绳则直。金就砺则利。修身篇言蹞步不休。跛龟千里。累土不辍。邱山崇成。不苟篇言新浴者振其衣。新沐者。弹其冠。荣辱篇言呥呥而噍。乡乡而饱。非相篇言听其言则词辨而无统。用其身则多诈而无功。凡此皆裁对整齐。孟子七篇所未有也。荀子赋篇所言螭龙为蝘蜓。鸱枭为凤凰。比干见刳。孔子拘匡。又云以盲为明。以聋为聪。以危篇安。以吉为凶。皆骈偶用韵。而音节清凉。而义理之正。不愧继起孔孟之后矣。

十一　老庄列诸子皆骈散相合之文

老子曰。道可道。非常道。名可名。非常名。无名天地之始。有名万物之母。故常无欲以观其妙。常有欲以观其数。老子之文高淡。其对待整齐者多类此。若庄子文之对待者。则多腴辞藻饰。如逍遥游曰。朝菌不知晦朔。蟪蛄不知春秋。齐物论曰。蝍蛆甘带。鸱鸦嗜鼠。人间世曰。山木自寇也。膏火自煎也。桂可食故伐之。漆可用故割之。人皆知有用之用。而莫知无用之用也。大宗师曰。稀韦氏得之以挈天地。伏羲氏得之以袭气母。维斗得之。终古不忒。日月得之。终古不息。庄子之文。其奇关类如此。其间僻字奥词。虽不联属。后世骈文家亦撷以资润饰焉。列子之文。不逮庄子。其骈语用韵者。如天瑞篇曰。能阴能阳。能柔能刚。能短能长。能圆能方。能生能死。能暑能凉云云。皆似魏晋间语。又云后稷生于巨迹。伊尹生于空桑之类。裁对亦工整。庄列文之偶俪者。不可枚举。兹特略举其一二耳。

十二　管晏诸子骈散相合之文

管子之言治。层出而不穷。故多层叠之文。牧民篇言礼不逾节。义不自进。廉不蔽恶。耻不从枉。皆四言之整洁者也。形胜篇言山高而不崩。则祈羊至矣。渊深而不涸。则沈玉极矣。又云蛟龙得水而神可立也。虎豹得幽而威可载也。则于魏晋以后之俪体矣。晏子之交亦整洁。其近于俪体者。如谏祷雨云。灵山以石为身。以草木为发。河伯以水为国。以鱼鳖为民。引喻最妙。谏荧惑守虚之异曰。列舍无次。变星有芒。荧惑回迹。孽星在旁。则骈偶而用韵矣。谏朝居严曰。合升鼓之微。以满仓廪。合疏缕之绨。以成帏幕。其叙古治之勇则曰。左操骖尾。右挈龟头。其叙退处之穷则曰。堂下生蓼藿门。外生荆棘。皆似魏晋人词藻。或谓诸子多伪托。然词藻之古腴者。周秦间恒有之。未可尽斥为伪托也。

十三　孙吴诸子骈散相合之文

孙子言善用兵者。屈人之兵而非战也。拔人之城而非攻也。皆一意而叠为二三句。又言善守者藏于九地之下。善攻者勤于九天之上。则摹写声势。已开汉魏告功之文体矣。又引军政曰。言不相闻。故为之金鼓。视不相见。故为之旌旗。又曰无邀正正之旗。勿击堂堂之阵。其文皆对仗整齐焉。吴子言于魏文侯。其辞如革车淹户。缦轮笼毂。皆润以古藻。

又言伏鸡之搏狸。乳犬之犯虎。则文以妙喻。其旨则内修文德。外治武备二句而已。其料敌之言曰。齐陈重而不坚。秦陈散而日关。楚陈整而不久。燕陈守而不走。三晋陈治而不用。其文亦对仗整齐焉。又言昼以旌旗旛麾为节。夜以金鼓笳笛为节。则与孙子所言。同意而异其词矣。大抵文法如兵法。善用兵者或止齐步伐。或纵横扫荡。骈文者止齐步伐之文也。散文者纵横扫荡之文也。按吴孙兵法以行文亦整齐有法度矣。

十四　墨子骈散相合之文

墨子首篇。亲士第一。其文有骈偶用韵者。曰。甘井近竭。招木近伐。竭伐为韵灵龟近灼。神蛇近暴。灼暴为韵有数典之骈语。曰。比干之殪其抗也。孟贲之杀其勇也。西施之沈其美也。吴起之裂其事也。有引喻之骈语。曰。江河之水。非一水之源也。千镒之裘。非一孤之白也。修身篇言。君子战虽有陈而勇为本焉。丧虽有礼而哀为本焉。士虽有学而行为本焉。则文虽排偶而意则质实矣。所染篇言舜染为许由伯阳。禹染于皋陶伯益。汤染于伊尹仲虺。武王染于太公周公。则文虽排偶而则古称先。几于儒者矣。公输般篇。墨子见楚王曰。今有人于此。舍其文轩。邻有敝学而欲窃之。舍其锦绣。邻有裋褐而欲窃之。舍其梁肉。邻有糟糠而欲窃之。则文虽排偶。其善为说辞。可谓辨矣。墨子之道。畴昔与儒术并重。唐以其书久束高阁。无复肄习其文者矣。

十五　韩非子创连珠之体

韩非子交之工整而深中事理者。如安危篇曰。安危在是非。不在强弱。存亡在虚实。不在众寡。外储篇云。利之。所在民归之。名之所彰士死之。韩非子最恶文学之士。其言曰。今脩文学。习言谈。则无耕之劳而有富之实。无战之危而有贵之尊。数语亦对仗工整。其譬喻之精妙者。如以肉去蚁而蚁愈多。以鱼驱蝇而蝇愈至。其骈语之古奥者。如椎锻平夷榜檠矫直之类是也。又曰椎锻者。所以平不夷也。榜檠者。所以矫不直也。后世作骈文者。于四字句。删除虚字。自觉简古矣。韩非之文。如云发困仓而与贫穷者。是赏无功也。论图圄而出簿罪者。是不诛过也。则深刻而不近情矣。内外储说。实连珠体所防。淮南子说山即出于此。汉班固以后。遂递相摹仿矣。抱朴子尤类连珠则汉以后之文体兹附及之

十六 屈宋骚赋皆骈散相合之文

楚辞为词章家所祖。其奇字奥旨。多为作骈文者所摭拾。然其辞不尽骈偶。亦间有对待者。其中间以兮。字如云名余曰正则兮。字余曰灵均。名与字相对。正则与灵均相对也。亦有四句相对待者。如云彼尧舜耿介兮。既遵道而得路。何桀纣之昌披兮。夫唯捷径以窘步。尧舜与桀纣相对。遵道与捷径相对也。如云余既滋兰之九畹兮。又树蕙之百亩。则数目之相对也。又云朝饮木兰之坠露兮。夕餐秋菊之落英。则朝夕相对也。又云制英荷以为衣兮。集芙蓉以为裳。朋衣裳相对也。宋玉九辩所云叶芋邑而无色兮。枝烦挐而交横颜。淫溢而将罢兮。柯仿佛而委黄。其对待句亦间以兮字。招魂所言赤蚁若象。元蜂若壶些。五谷不生。丛管是食些。则以四言句为偶俪。而系以些字也。又云高堂邃字槛层轩些。层台累榭临高山些。则七字皆对待而系以些字矣。光风转蕙氾崇兰些。唐人且去其些字。入七言律诗之中矣。屈宋葩艳。撷之不尽。好学者当取楚辞骚赋诵习焉。

十七 吕氏春秋骈散相合之文

吕氏春秋。稽古择言。取材鸿富。裒集众长。词旨精备。吕氏既剿袭前人之言。后人又剿袭吕氏之意。稗贩习气。实自吕氏开之。其本生篇曰。出则以车。入则以辇。务以自佚。命之曰招历之机。肥肉厚酒。务以相强。命之曰烂肠之药。靡曼皓齿。郑卫之音。务以自乐。命之曰

伐性之斧。枚乘七发。即袭其词。有始览曰。何谓九山。会稽太山王屋首山太华岐山太行羊肠孟门。何谓九塞。大汾冥阨荆阮方城杀函井陉令疵。句注居庸。淮南子地形训。即袭其词。吕氏春秋。征引多似类书。本味篇言肉之美者。猩猩之唇。貛貛之炙。隽觾之翠。述荡之擘。旄象之约。凡言一事。必胪举数条。整齐对待。后人骈文之炫博者。遂资以为獭祭矣。

十八　李斯骈散相合之文

李斯之文。最绮丽者。上书谏逐客是也。其辞曰。今陛下致昆山之玉。有随和之宝。垂明月之珠。服太阿之剑。乘织离之马。建翠凤之旗。树灵鼍之鼓。此数宝者。秦不生一焉。而陛下说之何也。必秦国之所生然后可。则是夜光之璧。不饰朝廷。犀象之器。不为玩好。郑卫飞女。不充后宫。而骏马駃騠。不实外厩。江南金锡不为用。西蜀丹青不为采。所以饰后宫。充下陈。娱心意。悦耳目者。必出于秦然后可。则是宛珠之簪。传玑之珥。阿缟之衣。锦绣之饰。不进于前。而随俗雅化。佳冶窈窕。赵女不立于侧也。如此之类。其才思艳发。迥非先正清明之体矣。真西山文章正宗。不录李斯谏逐客书。恶其文胜质也。然宣圣于变风变雅。存而不删。论文章之流别。固不可因人而废言矣。

第十六篇　骈文又分汉魏六朝唐宋四体之别

一　总论四体之区别

文章难以断代论也。虽风会所趋。一代有一代之体制。然日新月异。不能以数百年而统为一体也。惟揣摹风气者。动曰某某规摹汉魏。某某步趋六朝。某某诵习唐骈文。某某取法宋四六。然以文体细研之。则汉之两京各异。至于魏而风格尽变矣。六朝之晋宋与齐梁各异。至于陈隋而音节又变矣。而唐四杰之体。至盛唐晚唐而大变。至后唐南唐而尽变矣。宋初扬刘之体。至欧苏晁王而大变。至南宋陆游而尽变矣。吾谓汉魏六朝。骈散未尝分途。故文成法立。无所拘牵。唐宋以来。骈文之声偶愈严。用以记事则近于复用。以论事则近于衍。故李申耆骈体文钞。起于秦而迄于隋。取其合不取其分也。至于陈均之唐骈体文钞。曹振镛之宋四六选。编帙轻便。坊肆通行。欲窥四体大略。读三家所钞。亦可见矣。必欲剖析各家文体而详说之。非举四库集部之。文尽读之不能辨也。

二　汉之骈体至司马相如而大备

前篇汉魏文体以大体为重故论相如最略今论骈体相如实西汉大宗故首列之

周衰文盛。辞藻始尚铺张。楚汉之际。战攻未已。交藉中辍。及贾谊枚乘出。西汉彬彬乎风雅矣。蜀郡司马相如集贾枚之大成。合战国策楚辞之奇变。游梁作子虚赋。武帝读之曰。朕独不得与此人同时哉。因狗监杨德意知相如名。召问之。相如曰。此诸侯之事。未足观。请为天子游猎之赋。故上林赋曰。左苍梧。右西极。丹水更其南。紫渊径其北。终始灞浐。出入泾渭。酆镐潦潏。纡徐委蛇。经营乎其内云云。又云于是游戏懈怠。置酒乎颢天之台。张乐乎胶葛之寓。撞千石之钟。立万石之虡。建翠华之旗。树灵鼍之鼓。其文则源于李斯谏逐客书矣。其封禅文极云乱波涌之观。语有归宿。难蜀父老。藻思绝特。尤为撷香拾艳之渊薮。吴江吴育论相如之骈体。有书之昭明诗之讽谏。礼之博物。左之华腴故其文典。其音和。盛世之交也。其推崇之意。岂溢美乎。

三　扬雄仿司马相如之骈体而益博

扬雄蜀郡人也。蜀郡文章。自司马相如开之。而扬雄为之后劲。成帝时扬雄作羽猎赋长杨赋。即仿相如之子虚上林而作也。羽猎赋云。其余荷垂天之毕。张竟野之罘。靡日月之朱竿。曳慧星之飞旗云云。皆极力铺张。数典繁博。李申耆曰。子云善仿。所仿必肖。能以气合。不以形似也。细寻之乃得仿古之法。传甲谓扬雄解嘲。仿东方朔答客难。犹其余事也。十二州箴。百官箴。取式经训。为四言之极。则崔骃班固所不能肖也。桓谭新论言雄作甘泉赋一首始成。梦肠出。收而内之。明日遂卒。今世所传扬雄剧秦美新。元后诔。皆作于王莽篡汉以后。大为世人所诟病。前明蜀人有扬慎者。能博览群书。自拟于扬雄后人。为扬雄极力申辨。且痛诋朱子以报之。亦扬氏之贤子孙矣。

四　后汉班固张衡之骈体

少读文选。开卷即得班孟坚之两都赋。张平子之两京赋。皆设问答之辞。极众人之所眩曜。初读时。窃谓今人仿古制。古人必有所仿。及读子虚上林二赋。乃定相如为两汉骈文之宗主焉。班氏之文。虽出于相如扬雄。所著典引。谓相如封禅。靡而不典。扬雄美新。典而亡实。殆欲凌驾前人而力未逮。也典引裁密思靡。遂为骈体科律。然语无归宿。阅之觉茫无畔岸。所以不逮卿云。张平子应间。文体似班孟坚之宾戏。而词尤博瞻。应间篇女魃北而应龙翔。洪鼎声而军容息。浔署至而鹑火棲。寒冰沍而龟鼍蛰。虽裁对精密。然非六朝文士所能学步也。张平子四愁诗序。谓屈原以美人为君子。以珍宝为仁义。以水深雪雾为小人。故托辞渊永。得此兴之遗。传甲登高四望。欲师其意而不能制其体也。

五　后汉蔡邕之骈体

蔡伯喈篆势云。颓若黍稷之垂颖。蕴若虫蛇之棼缊。又云远而望之。象鸿鹄群游。络绎迁延。迫而视之。端际不可得见。指挥不可胜原。曹子建洛神赋。即摹此格调也。后汉文体。与魏人文体。不能剖析分界者以此。隶势曰。奂能星陈。淑若云布。几几乎齐梁之先唱矣。邕撰太傅文恭侯胡公碑曰公应天淑灵。胶性贞固。九德咸修。百行毕备。又云总天地之中和。览生民之上操。其谀胡广也甚矣。太慰扬公碑。则言公承家崇执。受天醇素。陈太邱碑。则言陈君禀岳读之精。苞灵曜之纪。犹为颂扬得体者也。郭有道林宗碑曰。若乃砥节励行。直道正辞。贞固足以干事。隐括足以矫时。虽四六之文。实异于寻常之谀墓也。胡夫人神诰曰。夫人躬圣善之姿。蹈慈母之仁。胡夫人灵表曰。体季阑之姿。蹈思齐之迹。皆言之得体者也。后人谀墓。奉中郎之遗矩。昔之佳句。今日几成滥调矣。

六　潘勖册魏公九锡文之体

宋陶谷附见

九锡禅诏。类相重袭。逾袭逾滥。不过乱世贰臣。献媚新主之辞耳。故盛世文人。屏之而弗屑道。然此体文字。自魏晋以至唐宋皆用之。论文体之源流正变。不能不归狱于潘勖之作俑也。曹操战功颇多。潘勖胪列不遗。每一欵下。辄系之曰。此又君之功也。此又君之功也。重重叠叠。实类骈拇枝指之无所用已。且曰虽伊尹之格皇天。周公光于四海。方之蔑如也。潘勖之僭妄。罪不在曹操下矣。冀州十郡。河东河内魏郡赵国中山钜鹿常山安平甘陵平原。三面距河。既有兹土。汉虽有英主起。亦不能复制。而曹丕遂从容受禅矣。潘勖之辞。如云锡君元土。苴以白茅。爰契尔龟。用建家社。犹属典重之语。晋宋齐梁陈隋。文益冗而词益费矣。赵宋之初。陶谷袖中禅诏。直是夙构。自是以后。辽金元明。皆以征伐为革除。不复用此虚文矣。其虚交之存于史乘者。亦可考当时之体焉。

七　魏曹植之骈体

曹子建之交。步武中郎。有雍雍矩度者。惟命宗圣侯孔羡奉家祀碑。体制典重。其辞曰。维黄初元年。大魏受命。肩轩辕之高蹤。绍虞氏之遐统。应历数以改物。扬仁风而作教。于是辑五瑞。班宗彝。钧衡石。同度量。秩群祀于无文。顺天时以布化。既乃缉熙圣绪。绍显上世。追存三代之体。兼绍宣尼之后云云。诚不愧。制作之文。可以垂诸典章。播诸金石者也。文心雕龙云。陈思叨名。体实繁缓。文皇诔末。旨言自陈。其乖甚矣。李申耆曰。交之繁缓。诚如所讥。使彦和见江谢之篇。更不知作何弹诋。至其旨言自陈。则思王以同气之亲。积赞谗之愤。述情切至。溢于自然。正可副言哀之本致。破庸冗之常态。诔必四言。羌无前典。固不得援此为例。亦不必遽目为乖也。

八　六朝骈体之正变

骈体隶事之富。始于晋之陆士衡。织词之缛。始于宋之颜延之。齐梁以下。词事并繁。凄丽之文。如江文通鲍明远俱臻绝调。丹青昭烂。元黄错采。跌宕靡丽。洋华无实。而古意荡然矣。萧氏父子。其流斯极。简文帝大法颂。马宝颂。题皆不经。而文之华腴。不下颜鲍。且裁章宅句。弥近弥平。斯固后来所取法也。其间文士。如任昉沈约邱迟徐陵庾信为之。莫不渊渊乎文有其质焉。齐梁启事短篇。其言小。其旨浅。其趣博。大都以雕饰为工。而近于游戏。何仲言为衡山侯与妇书。庾子山为上黄侯世子与妇书。伏知道为王宽舆妇义安主书。以夫妇之亲。赠寄之常。亦必倩文士为之。其崇尚虚文。无所不至矣。吴叔庠之饼说。韦琳之鲍表。袁阳源之鸡九锡文并劝进。则诙谐辨谲。有类史之滑稽传者。以文理文法绳之。当屏之文苑之外矣。

九　徐庾集骈体之大成

昭明文选以后。集骈体之大成者。有二人焉。徐孝穆庾子山其健者乎。其骈体缉裁巧密。颇变旧法。多出新意。其佳者纬以经史。故丽而有则。徐孝穆奉使邺都。上梁元帝表曰。伏惟陛下出震等于勋华。鸣谦同于旦奭。握图执钺。将在御天。玉胜珠衡。光彰元后。神祇所命。非惟太室之祥。图牒攸归。何至尧门之瑞。则字字调。声声协矣。庾子山贺平邺都表曰。臣闻泰山梁甫以来。即有七十二代。龙图龟书之后。又已三千余年。虽复制法树司。礼殊乐异。至于文离武落。剡木弦弧。席卷天下之心。包函八荒之志。其揆一矣。凡数目字亦皆工对。是王勃以前。已有算博士也。孝穆上梁元帝表。有联语曰。青羌赤狄。同畀豺狼。胡服夷言。咸为京观。与王僧辨书中。亦用此一联。骈文多剿袭陈言。

虽一人为之。或不免录旧也。徐庾以前之骈体。犹间以散文。徐庾兴而散文几不见于集中矣。故骈文之极则徐庾其集大成者乎。世人右韩柳而左徐庾。所谓道不同不相为谋也。

十　唐初四杰之骈体

初唐四杰。王杨卢骆并著。今世传本有王子安集十六卷。杨盈川集十卷。卢升之集七卷。骆丞集四卷。自裴行俭谓士先器识而后文藝。四杰遂为人所轻矣。虽然。有裴行俭之器识。然后可识四杰之文貌。否则以不学无术之徒。妄诋才士。岂得其平。杜诗云。王杨卢骆常川体。轻薄为文哂未休。尔曹身与名俱灭。不废江河万古流。正责世之轻论古人者也。王勃为四杰冠。其益州夫子庙碑云。帝车南指。遁七曜于中阶。华盖西临高五云于太甲。张燕公读之悉不解。访于僧一行。亦仅解其半也。其博洽亦岂易及。旧唐书杨。炯本传中。驳太常博士苏知几冕服议。援引经术。最有根柢。盖词章瑰丽者。必能贯穿经籍也。卢照邻遭遇坎坷。所传篇什亦少。穷鱼病梨。皆赋以自况也。骆宾王之文。讨武曌檄最著。虽武曌亦惜其才也。呜呼。彼三杰未可知。宾王草檄于伪周临朝之际。声罪致讨。为天下先。其举动亦人杰哉。

十一　燕许大手笔之骈体

张说苏颋。雍容扬揄于盛唐开元之际。其文章典丽宏赡。朝廷大述作。多出其手。号曰燕许。而张燕公集为尤著。读张说之大唐封禅颁。苏颋之大唐封东岳朝觐颂。崇宏钜制。虽不逮西汉封禅之文。然矩度秩然。异于六朝衰世之作。张说撰姚崇神道碑。宋公遗爱碑颂。裔皇典雅。粲然成章。苏颋撰中宗谥册文。睿宗哀册文。虽无史鱼之直。其文则工整矣。张说为留守奏瑞禾杏表。以献媚于天册金轮皇帝。谓炎帝教洽于人心而嘉禾秀。周公理合于天道而嘉禾丰。又云圣道隆渥。灵祚宏多。

朱萼素花。彰孝理于诗传。一茎九颖。合德曜于祥经。由此观之。张说之文品亦卑矣。苏颋父苏环。于中宗时。力斥韦庶人。抗辩不屈。颋有父风。所作夷齐四皓优劣论曰。周德既广。则夷齐让国而归焉。汉业既兴。则四皓受命而出焉。是可以见苏颋之志矣。

十二　李杜二诗人之骈体

各国文学史皆录诗人名作请义限于体裁此篇惟举其著者述之以见诗文分合之渐

李白杜甫。以盖世诗名。鼓吹盛唐之中叶。其文远不逮其诗。然当四杰之后。而不规规于四杰之窠臼。则李杜之骈文。亦足以各成一体矣。李白少有逸才。志气宏放。飏然有超世之心。其文之著者。若上韩荆州书。春夜宴桃李园序。皆为宋明以来古文选本所批点。二篇固为李白文之质实者也。李白集中送蔡十序。有朗笑明月时眠落花一联。送张祖监丞序。有紫禁九重碧出万里一联。大抵涉笔成趣。不待规削而自圆。唐之骈文。间以散文者。犹汉之散文。间以骈文耳。杜甫之文。如画马赞之类。四言雅链。虽不足以比两京。视六朝则有过之矣。然六朝徐庾诗歌。已多偶俪。亦如汉魏散文中之骈语耳。唐初五言七言之律体。犹未纯一。至于杜甫。上薄风骚。下赅沈宋。言夺苏李。气吐曹刘。掩颜谢之孤高。杂除庾之流丽。而后律诗与古诗别行。亦犹骈文与散文别行也。有唐一代。文体歧诗体亦歧。大抵文明之国。科学程度愈高。则分科之子目亦愈多。诗文之用古体骈体。各视乎性之相近。及用之适宜耳。又何必相讥相诋乎。

十三　陆宣公奏议为骈体最有用者

唐德宗因朱泚之变幸奉天。君臣犹请加尊号以应厄运。陆贽谓尊号之兴。本非古制。行乎安泰之日。已累谦冲。袭乎丧乱之时。尤伤事体。帝纳其言。但改年号。以中书所撰赦文示贽。贽曰。动人以言。所感已浅。言又不切。人谁肯怀。乃别为诏。悔过引咎。其最切尽者曰。然以长于深宫之中。暗于经国之务。积习易溺。居安忘危。不知稼穑之艰难。不察征戍之劳苦。泽靡下究。情不上通。事即壅隔。人怀疑阻。犹昧省己。遂用兴戎云云。山东士卒。读诏书无不感泣。故兴元得以中兴。其馀奏议。皆切中时弊。虽言必成俪偶。音必调马蹏。然朴实陈说。毫无浮响。论治乱之略疏。论征税疏。论纳谏疏。论关中事宜状。论前所答奏未施行状。请罢琼林大盈库状。论两税以布帛为额状。请罢兵状。虽处乱世事。暗君。所言所行。皆足补剂末运。非骈体之最有用者乎。宣公因论裴延龄之奸邪。贬忠州别驾。终得竟其怀抱。是具皋夔之资。而不逢尧舜者也。

十四　元白温李之骈体

唐代诗人。善言儿女情者。至元白而盛。至温李而极。元白皆能古文。元稹滔滔清绝。白居易漉漉敷词。皆可传诵。其骈体亦擅场。而文词每多浮丽。求其典重者。如元稹追封宋若华河南郡君制曰。司徒之妻有礼。齐加石窌。廷乡之母有德。汉置封邱。授牛元翼深翼等州节度制曰。鹰隼击则妖鸟除。弧弓陈而天狼灭。皆字字矜錬矣。白居易太湖石记曰。有盘物秀出如灵邱鲜云者。有端严挺立如尊官神人者。有缜润削成如珪瓒者。有廉棱锐戏如剑戟者。则骈语之近于古者矣。温庭筠能逐弦吹之音。为侧艳之词。其诗不出绮罗香艳。其文虽规规骈偶之中。观其上蒋侍郎启。上令狐相公启。皆平正不入恶道。李商隐初为古文。不喜偶对。从事令狐楚幕。乃学今体章奏。同时温李齐名。然商隐诗多感时事。得风人之旨。非温飞卿此也。商隐上河东公启曰。至于南国妖姬丛台妙伎。虽有涉于篇什。实不接于风流。又云使国人尽保展禽。酒肆不疑阮籍。则义山集中之锦瑟碧城。不过子虚乌有耳。

十五　宋初西昆骈体步趋晚唐及北宋诸家异同

吾论唐骈体。以李商隐为殿。盖以来初杨亿刘筠钱惟演辈。皆以李商隐为宋法也。宋史杨亿本传。所著有括苍武夷颖阴韩城退居汝阳蓬山冠鳌各集。今所传者惟武夷新集而已。杨亿等时际升平。其为文春容大雅。无唐末五代衰飒之气。西昆酬唱。亦极一时之盛。吕祖谦宋文鉴。不尚俪偶之词。扬亿之表启。亦采录焉。其驾幸河北起居表曰。毳幕稽诛。銮舆顺动。羽卫方离于象魏。天威已震于龙荒。慰边甿徯后之心。增壮士平戎之气。臣闻涿鹿之野。轩皇所以亲征。单于之台。汉帝因而耀武云云。可谓有典有则矣。贺刁秘阁启曰。群玉之府。图籍攸归。承明之庐。俊贤所聚。自非兼该文史。洞达天人。擅博物之称。负多闻之益。则何以掌兰台之秘记。辨鲁壁之古文。克分亥豕之非。荣封鬼神之问。允资鸿博。式副选抡云云。词意爽洁。犹存古意。厥后欧苏四六。皆以气行。晁无咎又以情胜。北宋之骈文。亦屡变其体裁矣。

十六　南宋骈体汪藻洪适陆游李刘诸家之异同

南宋骈体。浮溪集为最盛。汪藻为隆祐太后草诏。告天下以立康王之故。其警句曰。汉家之厄十世。宜光武之中兴。献公之子九人。惟重耳之尚在。一时推为雅切。故逮炎之诏书多出于汪藻。绍兴间洪适知制诰。撰亲征诏。其警句曰。岁星临于吴分。翼成肥水之功。斗士倍于晋师。当决韩原之胜。文气亦复劲健。陆游诗学老杜。为南宋第一人。其贺礼部郑侍郎启之警句曰。文关国之盛衰。官以人而轻重。吁俊尊上帝。岂止在玉帛钟鼓之间。敛福锡庶民。其必有典谟训诰之盛。其文可谓工雅得体者矣。李刘待制实章阁。长于偶俪。著有四六标准。南宋骈体之专家也。其余刘克庄之后村集。名言如屑。方岳之秋崖集。丽句为隣。迄于文山。名作相望。考南宋文范。视北宋又何多让为。

十七　元明以来四六体之日卑

骈体之文。自来四六后。元明皆等诸自桧耳。元之骈体。猥猥琐琐。明之骈体。疏疏落落。无足征引。无关取法。其文集存于今者。不下千馀种。名篇钜制。不如汉魏六朝唐宋之中驷也。最陋者属封虽工。其词则以巧而愈佻。甚至以卦名对卦名。以干支配干支。立定间架。几如刻板。至于官场尺牍。齐醮青词。肤廓陈滥。万手一律。其佳者亦仅资谀颂耳。况时文既作。排偶斯极。类典串珠。花样集锦。凡村塾传习之兔园册子。大抵皆明季周延儒辈为之。大江南北。父兄训子弟者。无不以选声捡韵。为入学之门。声调谱之作。固不仅词曲一端也。竭天下英俊之才。使之流连于声调中。鼓之吹之。举国若狂。此元代所以重词曲以箝汉族。明人所以作帖括以制处士也。

十八　国朝骈文之盛及骈文之终古不废

国朝骈文。卓然号称大家者。长洲尤西堂氏侗。宜兴陈迦陵氏维崧。最为卓出。自开实后七百年。无此等作久矣。山阴胡稚威氏天游。为文奥博。得燕许二公之遗。钱塘袁简斋氏枚。能于骈体中独抒所见。辨论是非昭文邵荀慈氏齐焘玉芝堂集。尤能上下六朝。同时与荀慈为骈文者。有武进刘圃三氏星炜。钱塘吴谷人氏锡麒。南城曾宾谷氏燠。全椒吴山尊氏鼒。皆不愧骖行四杰。盖散文以达意为主。空疏者犹可敷衍。骈文包罗宏富。俭腹者将无所措其手足也。今中国文学。日即窳陋。古文已少专家。骈体更成疣赘。湘绮楼一老。犹为岿然鲁灵光也。传甲窃谓泰西文法。亦不能不用对偶。见赫德辨学启蒙中国骈文。亦必终古不能废也。特他日骈文体之变体。非今日所以豫料耳。文者国之粹也。国民教育造端于此。故古文骈文。虽不能如先正之专壹。其源流又何可忽耶。